암호해독사

황금알 시인선 112

암호해독사

초판발행일 | 2015년 9월 1일

지은이 | 잇시키 마코토(一色真理)
옮긴이 | 한성례
펴낸곳 | 도서출판 황금알
펴낸이 | 金永馥
선정위원 | 김영승 · 마종기 · 유안진 · 이수익
주간 | 김영탁
편집실장 | 조경숙
표지디자인 | 칼라박스
주소 | 03088 서울시 종로구 이화장2길 29-3, 104호(동숭동, 청기와빌라2차)
물류센타(직송 · 반품) | 100-272 서울시 중구 필동2가 124-6 1F
전화 | 02)2275-9171
팩스 | 02)2275-9172
이메일 | tibet21@hanmail.net
홈페이지 | http://goldegg21.com
출판등록 | 2003년 03월 26일(제300-2003-230호)

ⓒ2015 잇시키 마코토(一色真理) & Gold Egg Publishing Company Printed in Korea

값은 뒤표지에 있습니다.

ISBN 979-11-86547-07-6-03830

암호해독사

잇시키 마코토(一色真理) 시집

한성례 옮김

황금알

최근에 출간한 내 시집 『에바Eva』는 아버지와의 갈등을 테마로 한 이전의 시집 『에스Es』의 속편에 해당한다. 아버지와의 갈등에 이어 이번에는 어머니와의 불화에 초점을 맞추었다. 집필 중에 동일본대지진이 일어나 대지모신大地母神이라는 주제도 포함되었다. '에바Eva'를 영어로는 '이브Eve'라고 하는데, 이는 인류의 어머니를 뜻한다.

10대에 반항기를 겪으며 가정과 학교, 지역사회에서 소외되었던 나에게는 차이콥스키의 교향곡 〈비창〉을 듣는 일이 일과 중 하나였다. 내게는 이 곡이 전 인류의 멸망을 묘사한 장엄한 교향곡처럼 들렸으며, 오케스트라가 "다 죽어버려!"라고 목이 터지라고 외치는 것만 같았다. 이것이 내 시의 원점이다.

그리고 자동기술自動記述, 꿈, 비유, 허구 등은 내 시의 뼈대를 이룬다. 특히 꿈은 거대한 원천이다.

2015년

잇시키 마코토(一色真理)

차 례

1부 암호해독사

2부 붉은 눈

3부 유년

5부 천일 밤의 꿈—꿈 일기 2

1부

암호해독사

'잠자리'가 아니면 '백색혐오'

나는 짙은 어둠의 중심에서 눈을 떴다
호화로운 일급 범죄자 수용소는 내 의지와
무관하게 소등된다

간수 한 사람이 개를 키운다
이름은 스피츠이고 귀 끝의 하얀 털이 선명하다
늘 사납게 짖어댄다
간수를 광적으로 사랑해서 간수와 친한 사람을
질투하여 시끄럽게 짖어 비웃음을 사곤 했다
어떤 때는 눈 내린 마당을 뛰어다니다가 발에 눈 섞인 진흙을
묻힌 채 통로를 돌아다녔다
나는 간수의 개가 왜 눈을 좋아하는지 몰랐다
밤에 눈이 그쳤다
침대에 귀를 대면 간수의 개집에서
이상한 소리가 들린다
콸콸 물이 쏟아지는 듯한 소리
병 걸린 사람처럼 기어갈 때 나는 마찰음
카펫을 잡아 뜯을 때 생기는 울림

개는 토했다
채소죽처럼 새하얀 오물을 바닥에 잔뜩 뿌리며 뒹굴었다
개는 괴로워하며 바닥을 긁고 뒹굴면서 토했다
그때마다 뜨거운 음파와 하얀 내용물은
어질러지고 흩어지는 정도가 심해졌다

내게는 보이지 않았지만 그 고민은 분명했다

개의 잠자리는 조용한 통로 끄트머리
좁은 벽의 움푹 팬 곳
밤은 폐쇄된 작은 한 지점
그 안에서 개는 괴로워한다
괴로워하며 뒹군다
내게는 보이지 않는다
하지만 나는 안다

눈이 또 내리기 시작했다
하얀 콘크리트 벽은 영원한 동토보다도 차갑게
펼쳐진다

일곱 살

　밤 열 시에 일곱 개의 시계가 일곱 가지 방식으로 소년의 귀를 파고들자 동쪽 하늘에 묘성*이 뜬다. 일곱 개의 약병이 어두운 부엌 문 안에서 상냥하게 소년의 빨갛게 짓무른 이를 떠오르게 한다. 어머니는 암내가 나요. 소년에게 돌려주는 복습 노트는 냄새가 나요. 불타 무너진 이층집. 소이탄燒夷彈이 귀에서 타들어가자 일곱 번째 개까지 푸른 재를 남기고 사라졌다. 공습 뒤에 내린 밤비는 후텁지근한 냄새가 납니다. 언덕에 올라 소나무 숲이 모락모락 김이 나는 죽은 지렁이를 토해낸 오후의 유리문을 옆으로 밀어젖히면 알코올 냄새가 시큼하게 풍기는 진찰실에 귀 달린 쉬파리가 죽어 있는 하얗고 둥근 의자가 할머니 소아과 의사의 거울에 비쳤습니다. 비 내리는 밤에는 선잠이 든 덧문 틈에서 냄새나는 어두운 변기가 문득 겹쳐지다가 이내 떨어져 나가면 소년의 가는 목 아래 흰 살 생선처럼 드러난 갈빗대에 서글픈 바람이 울고—왜 웃어?—주사를 맞은 왼팔을 오른손 엄지의 둥근 배로 일곱 번 살살 문질렀습니다. 또 한 대. 엄지를 꽉 쥐어도 거울 속의 의자를 부수지 못합니다. 쥐었던 손가락에 밴 땀 맞은편에서 주사기 속에 섞인 피는 일곱 마리의 개가 사라진 다음 날 아침, 불타오르는 하늘빛을 받아 진해진다. 이봐, 왜, 왜 웃어? 고리타분한 복습을 너는 얌전히 불굴의 의지로 계속해 간다. 네 왼팔에 성운이 창백하게 타면서 퍼져나간다. 네 피는 매일 두 대의 주사기에서 태어났구나. 네 빈약한 살집은, 등뼈는, 가죽은, 가죽에 난 거친 털은, 손톱은……거대한 푸른 멍은 네가 사라진 아침까지 어두운 하늘로 쭉 올라가겠지. 냄새가 나는 까닭은 부엌 봉당에 네 하얀 개가 토해서다. 좁은 봉당에서 요즘 너의 개는 매일매일 밤만 되면 토한다. 개의 위장이 부르르 떨리면 네 벗겨진 혀가 지겹다는 듯 진저리치고 짓무른 붉은 이가 보인다. 왜 웃어? 개는 귀를 세운 채 일곱 번 구른다. 일곱 번째에 일어난다. 아, 또 토했다. 네 머릿속 어두운 봉당에서 하얀 것이 냄새를 풍긴다. 할머니 의사의 부은 손바닥 같은 하얀 것이 뜨뜻미지근하게 쌓여 갑자기 무너지기 시작한다. 아직 꿈을 꾸어서는 안 돼요. 소리가 사라지고 봉당의 전등이 켜진다. 어머니가 들어온 것이다. 너는 조용히 복습을 한다. 밤 열 시에 일곱 개의 시계가 일곱 가지 방법으로 소년의 귀를 파고들다가 그친다. 어머니는 투명하고 아주 좁은 잔에 조심스레 물을 채우고 매끈한 쟁반 위에서는 일곱 개의 약병이 일곱 색깔의 냄새를 풍긴다. 왜 웃어? 너는 대답을 못한다. 너의 냄새나는 꿈이 이제는 흐려져 덧문 위로 내린다. 창백하게 불타며 어두운 하늘에 떠오르는 일곱 마리 개는 조용히, 아주 조용히 짖고 있다.

⟨옮긴이 주⟩
* 묘성(昴星): 황소자리에 있는 플레이아데스 성단의 7개의 별무리. 흔히 일곱 자매라 불리는 이 성단에는 대략 500개의 별들이 매혹적인 모습으로 무리를 이루고 있다. 페르시아인들은 이 별무리의 모양을 진주 꽃다발, 진주 목걸이 등에 비유한다.

마을

나는 그를 조금씩 잊어 간다. 지우개로 자화상을 지웠다 그의 모습을 마지막으로 잊는다. 우선 머리 그리고 어깨에서 가슴으로 허리와 다리가 사라지고 마지막으로 떨궜던 눈물 자국까지 깨끗이 사라진다.

그는 나를 조금씩 떠올린다. 우선 연필로 다리 선을 그리고 허리에서 가슴까지를 천천히 그린 다음 마지막으로 고개 숙인 머리를 힘겹게 올려놓는다. 나는 고개를 숙인 채 소리 없이 웃는다.

이 마을로 그 남자가 굴러들어왔다. 여자의 이름을 불렀다. 광장에는 엄청난 양의 지우개 가루가 흩어져 있다. 어제 굉장히 큰 낙서를 지웠거든요. 당신이 서 있는 자리가 입가여서 이름을 부른 겁니다.
아, 그래요? 하지만 벌써 다 잊었는걸요.

밤

풀리지 않는 매듭 푸는 법을 알아내려고
찔렀던 바늘로 너의 손가락 끝을 찔렀다

조차장* 어둠 속에서 이따금 들려오는
전철기*를 조작하는 날카로운 소리가
창 밑에서 불안의 높이만큼 크게 울린다
옅은 서릿발을 휙 뭉개버린다

파랗게 질려 뒤얽히며 펼쳐진 거대한 선로
보이지 않는 한 점으로 일순 아무렇지 않게 끊기고
혹은 이어지는 그것

방금 갈아낸 핏빛 초승달의 상처를 보이며
단절된 것

나는 문득 큰 소리로 말한다
그때
네 밤의 빛깔을 띤 옷 속에서 초승달 모양으로 찢긴 거
대한 상처가

가느다란 핏빛 실을 일제히 토해내기 시작한다

하품을 하듯 너는 입술에 손을 댄다
무심코 상처를 가리는 듯한 손짓으로
나는 네 흉내를 낸다

*

나는 당신이 말을 걸어도 제대로 답하지 못했습니다.
당신은 나를 비웃었습니다. 나는 언제나 말문이 막혔습
니다. 나는 날이 갈수록 말을 잃었습니다. 날이 갈수록
말을 하려 해도 할 말이 궁색해졌습니다. 당신은 점점
더 나에게 말을 시키려 했습니다. 그때마다 나는 눈을
크게 뜨고 빤히 쳐다볼 뿐 점점 할 말을 잃어 갔습니다.
그러던 어느 날 당신은 내가 말을 전부 잃어버렸음을 알
아차렸습니다. 당신은 조용히 나와 마주 앉아 내가 돌아
오기를 기다렸습니다. 나는 어디로 갔을까요? 당신은 내
가 숨은 곳을 아는 눈치였습니다. 하지만 당신은 그곳에
대해 말하려다 말았습니다. 제대로 대답하지 못했습니

다. 내가 그곳에 숨어 있었기에 당신은 눈을 크게 뜬 채 물끄러미 나를 보며 앉아 있는 자신을 깨달았습니다. 이 봐요, 나는 어디로 갔나요? 당신은 점점 더 큰 눈으로 바라보았고 점점 더 대답을 못했습니다.

〈옮긴이 주〉
*조차장(操車場): 여객차와 짐차를 조절하는 곳. 철도에서 열차를 잇거나 떼어 내는 곳이다.
* 전철기(轉轍機): 선로 전환기. 철도에서 차량이나 열차를 다른 선로로 옮기는 데 사용하는 분기 장치. 스위치 또는 포인트라고도 부른다.

나

그 집의 문은 이를 악물고 있었다.
"절대로 소리 지르지 마!"

커다란 창에는 블라인드가 쳐져 있었다.
"절대로 울지 마!"

내가 돌아와 열쇠로 문을 여는 순간
그 집은 소리를 지르기 시작했다.

내가 창을 열자
그 집은 눈물을 흘리기 시작했다.

나는
이 집의 주인이다.

글자

그런 글자는 본 적이 없어. 틀렸어.
하지만 이게 내 이름이야.

그 사람은 그러면서 내게 그 글자를 가르쳤다.
끊지 않고 한 획으로 쓰는 거라면서 내 손을 잡고.

어느 날 그 사람이 떠올라서 나는 처음으로 펜을 들었
다.

그런데 어찌 된 일일까? 한 획으로 쓰는 글자는
아무리 써도 끝나지 않는다.

나는 오직 그 사람의 이름을 적기 위해서
벌써 수십 년 동안 종이 위에다 멈추지 않고 펜을 놀리
고 있다.

왼손잡이 남자

왼손잡이 남자는 왼손으로만 쓸 수 있다. 그의 오른쪽 가슴에 있는 심장은 언제나 격렬하게 고동친다.

"불안해. 내가 하는 일은 남들과 비슷하면서도 조금씩 달라. 완전히 똑같아 보여도 죄다 정반대야."

왼손잡이 남자는 모두와 비슷하다. 누구나 그의 앞에 서면 거울을 보는 듯한 기분이 들어 중얼거린다.

"불안해. 내가 하는 일은……."

물구나무서는 사람

물구나무서는 사람은 아무것도 가지지 않은 사람이다. 주머니도 먼지만 풀풀 날린다.

물구나무서는 사람은 계속 심해져 가는 고통에 눈을 감는다. 과거에 거꾸로 본 세상은 구역질이 날 만큼 혐오스러웠다.

*

물구나무서는 사람은 지쳤다. 그는 동요했고 자신이 쓰러진다고 느꼈다. 결국 쓰러졌다. 그는 이제 물구나무서는 사람이 아니다.

물구나무서지 않는 사람들 중 한 명이다.

원고지

너에게 글쓰기는 전쟁인가? 최후의 큰 전투가 끝난 뒤
원고지 칸에 늘어진 철조망은 네가 쓴 문자다. 부상당한
너에게 버림받은 한 병사는 거기서 오래도록 고통스러
워한다.

*

수정할 때 빨간 잉크를 사용하는 것은 좋지 않다. 한
번 손에 묻은 핏빛은 좀처럼 지워지지 않으니까.

*

다음 장을 넘겨도
역시 원고지 칸에 갇힌 감옥.

얼굴

헤어질 때 애꾸눈의 화가가 말해 주었다.

"나는 어렸을 때 누군가의 눈 같은 창에서 떨어져 눈을 다쳤단다."

"그 후로 내 그림 속에서 세상은 절반만 빛나지."

"보이지 않는 절반이 존재하지 않는다고 믿을 수만 있다면!"

애꾸눈의 화가는 빛나는 황혼 속에서 누군가의 눈 같은 창을 닫았다. 그 집의 벽은 고통스러워하는 커다란 사람 얼굴처럼 보였다.

아내

"나무도 돌도 꽃도 종이 두 장을 겹쳐서 만들었어요. 물론 사람도.

두 장을 겹친 종이 안쪽에는 모든 답이 쓰여 있어요."

아내는 막 완성한 상자 안에 만든 모형정원을 내게 보여주며 그렇게 말했다.

나는 아무것도 묻지 않았다.

*

그날 밤 나는 어둠 속에서 아내의 모형정원에서 거친 숨소리가 들려 눈을 떴다.

뛰어가 보니 종이로 만든 내가 종이로 만든 아내의 몸을 열심히 풀어헤치는 중이었다.

그날 낮에 하려던 질문의 답을 알고 싶었을 뿐이라는 듯이.

마음

우리 교실에는 입학한 뒤로 한 번도 말을 하지 않은 남자아이가 있었다. 우리는 그를 비웃으며 신나게 놀려댔다. 하지만 그 아이는 표정 하나 변하지 않은 채 돌팔매질 하듯 던지는 우리의 막말을 참아 넘겼다. 그의 침묵은 마치 바닥 없는 구덩이 같았다. 그의 이름은 마음이었다.

마음도 손과 발이 있다. 마음의 가슴은 언제나 무언가가 어루만져 주길 바라고 발은 어딘가로 걸어가기를 원한다. 수업 중에도 마음은 벌떡 일어나서 어리둥절해하는 우리에게 눈을 흘기며 교실에서 나가버리는 경우가 있다(마음이 어디로 가는지 누가 알까?).

우리는 마음이 무엇을 하고 싶어 하는지 아직 말로는 설명하기 어렵다. 그래도 마음을 보는 우리의 눈은 점점 변해갔다.

교실에서 마음은 한 번도 손을 들지 않았다. 언제나 정답을 다 알면서도. 그리고 우리가 틀린 답을 태연하게 말할 때 마음은 아픈 사람처럼 표정이 일그러졌다.

마음은 어느 날 등교하지 않았다. 선생님은 마음이 병이 났다고 했다. 그 뒤로도 일 년 동안 마음은 돌아오지 않았다. 마음은 불치병을 앓고 있었다고 선생님이 말했다. 태어날 때부터 줄곧 아팠단다.

"마음을 잊어라. 마음에 대해 이야기하지 말아라"라고 선생님은 당부하셨다.

우리는 마음의 주소를 알아내어 문병을 갔다. 현관의 초인종을 누르자 문이 열리고 마음과 꼭 닮은 예쁜 어머니가 우리를 맞아주었다.

"찾아와 주어 고맙구나. 마음은 안쪽 방에서 쉬고 있단다."

긴 복도 저편 어두운 방 안에서 하얀 의자에 앉아 있는 마음과 우리는 만났다. "마음아! 오랜만이다. 걱정이 돼서 문병 왔어. 학교에는 언제 나올 거니?"

마음은 아무 말도 하지 않았다. 평소처럼 괴로운 표정을 지으며 눈도 입도 굳게 닫고 있었다. 대답은 우리도 이미 다 알고 있었다.

2년이 흐른 뒤에도 우리는 여전히 마음을 잊지 않았다. 하지만 문병하러 가는 친구는 하나둘 줄어 3년 뒤 마음을 기억하는 친구는 나 혼자뿐이었다. 그날도 나는 문병을 하러 꽃다발을 들고 혼자서 마음의 집으로 향했다.

마음의 집 초인종을 누르자 어머니가 문을 열어 주었다. 그런데 내 어머니였다. 어두운 방으로 나는 들어갔다. 나는 하얀 의자에 앉았다.

그런 다음 나는 한마디도 하지 않았다. 질문을 받으면 나는 괴로운 표정을 지었다.

선생님은 "마음은 잊어라"라고 오늘도 친구들에게 당부하셨을까.

돼지

닭을 잡아서 그에게 먹였다
그는 조금 살이 쪘다

돼지를 잡아서 그에게 먹였다
그는 한결 살이 쪘다

소를 잡아서 그에게 먹였다
그는 부쩍 살이 쪘다

더는 먹을 것이 없다고 나는 그에게 말했다
다음 날 아침 그는 죽었다

나는 혼자가 되었다
나는 조금 살이 쪘다

구름

작은 구름이 바다 위에 버려져 있었다
외로워서 구름은 울었다
울고 있자니 조금씩 모습이 사라지더니
비가 되어 바다에 내렸다

그 후 구름을 버린 사람이 돌아와서
구름을 불렀지만
구름은 아무 데도 없었다

달

　자전거에 싣고 가는데 바닥에 굴러떨어졌어. 게다가 뒤에서 자동차가 들이받았으니 말 다했지. 산산조각이 나서 길바닥에 잔뜩 널려서는……. 주워 모아 봤지만 아무리 해도 원래대로 돌아가지 않더라고. 하는 수 없이 그대로 버리고 왔지 뭐야.

　(보름날 밤이 되면 원래 모습으로 돌아올 거라고 누나는 말했지만)

　시장에 가서 하나 더 사려고 했는데 팔지 않더라고.

달맞이꽃

우리 집 뜰에 달맞이꽃 한 송이가 피었다. 달맞이꽃은 내게 매일 밤 옆에서 자기가 외치는 말을 받아 적어 달라고 부탁했다.

초하룻날
"오늘 밤은 실처럼 날씬한 내가 하늘에 있어요."

사흘째
"조금씩 내 모습이 보여요."

보름째
"오늘 밤 나는 내 모습을 전부 볼 수 있어요."

열 이레째
"나는 또 점점 내 모습을 잃어 가요."

스물 여드레째
"오늘 밤 나는 밤새도록 잠 못 이루고 하늘을 찾아봤지만 내 모습은 아무 데도 없어요."

한 방울의 물

연인을 버리고 길을 떠난 탐험가가
사막에서
한 방울의 물이 된 연인의
꿈을 꾸었습니다.

*

"나를 그렇게 사랑하나요?
하지만 더는 나를 찾지 마세요.
그래 봐야 헛수고예요.
나는 사막에는 들어가지 못하니까요.
그러니 이제 곧 당신은 죽을 거예요.
영원히 안녕."

수인囚人

　땅 밑으로 잡혀간 사람들을 생각한 적이 있습니까? 어느 날 갑자기 울부짖으며 땅 밑으로 끌려간 뒤 결코 지상으로는 돌아온 적 없는 그들 말입니다.

　그들은 이따금 땅 위에 생긴 실처럼 가는 틈 안쪽에서 개미가 새까맣게 꼬인 종잇조각을 몰래 땅 위로 내밀기도 합니다. 자신의 운명에 대해 쓴 그 편지를 반드시 누군가가 읽어 주리라 굳게 믿는 게 틀림없습니다.

　하지만 글자 모양으로 모여 있던 개미떼는 땅 위로 나오자 이내 종이 위에서 도망칩니다. 편지는 금세 아무것도 쓰여 있지 않은 백지장으로 돌아가는 탓에 그 사람들의 마음은 결코 누구에게도 전해지지 않습니다.

　그래도 매일 같이 그들은 포기하지 않고 땅 위로 편지를 계속 내밉니다. 그리하여 땅 위는 꼬물대는 거대한 검은 글자로 금방 가득 차고 맙니다.

　혹시라도 땅 위에 개미가 솟구치듯 떼 지어 있는 틈을

발견한다면 부디 그들을 기억해 주세요. 그들 중 당신을 쏙 빼닮은 한 사람도 그곳에 갇혀 있어서 이제는 결코 땅 위로 돌아오지 못한답니다.

　게다가 당신 자신이 언젠가 그들처럼 잡혀가지 않는다고 단언할 수 있나요? 그들처럼 매일 같이 아무도 읽어주지 않는 편지를 쓰는 일만이 살아 있는 유일한 의미가 되는 그런 날이 올 리 없다고 말이에요.

사이렌

우리 반에 늘 괴롭힘당하는 아이가 있었다. 그 아이는 입학한 뒤로 한마디도 하지 않는 아이였다.

소방차를 굉장히 좋아해서 언제나 혼자서 화재 장면만 그렸다.

아무리 괴롭힘을 당해도 도와달라고 말한 적이 없었다. 주먹에 맞아 코피가 나도 셔츠와 바지가 너덜너덜 찢겨도.

그 아이의 별명은 사이렌.

나는 그 아이의 집 앞을 수도 없이 지나다닌 적이 있다. 하얗고 작은 집이었다.

집 바로 앞에 화재경보기가 달린 높은 기둥이 서 있고 그 위에 새빨갛게 칠해진 커다란 사이렌이 달려 있었다.

입을 꾹 다물고 있는 사이렌은 누군가의 커다란 목구

멍 같았다.

＊

　나는 그날 거기서 울려 퍼지는 비명을 멀리서 여러 번
들었다. 하지만 나는 도우러 가지 못했다.

　언제나 입을 꾹 다물고 있는 그 사이렌이 그토록 크게
비명을 지르다니. 나는 도무지 믿기 힘들었다.

　마을 여기저기서 집이 불탔다. 그 옆에서 넋을 놓고
화재 장면을 그리는 아이를 사람들 몇이 발견하여 경찰
에 알렸다.
　그때 "사람 살려! 사람 살려! 사람 살려!"라고 사이렌
은 소리쳤을까?

＊

　그날부터 우리 반 친구들은 괴롭힐 대상을 영원히 잃

고 말았다.

 우리는 그 일이 있었던 후로 종종 그 아이의 하얀 집 앞에 괜히 모여들고는 했다.

 언제부턴가 화재경보기 위에 있던 코피를 흘린 듯한 빨간 사이렌은 치워지고 없었다.

 사이렌은 필경 어느 먼 마을의 쇠창살이 박혀 있고 밖에서 자물쇠가 잠긴 방에 갇혔으리라.
 주머니 안에 든 성냥은 한 개비도 남김없이 빼앗겼겠지. 물론 거기서는 화재 장면을 그리러 가고 싶어도 나오지 못하겠지.

 그리고 "사람 살려! 사람 살려! 사람 살려!"라고 사이렌을 울려도 이제 우리 귀에는 결코 들리지 않겠지.

좋은 냄새

빨간 자전거를 탄 너와
처음 스쳐 지날 때
네 뒤에서 아주 조금 뒤미처
좋은 냄새가 바람을 타고 지나갔다
그 순간 나는
네가 좋아졌다
—나의 '좋은 냄새'

모두들 내게 말했다
그 녀석은
아무하고도 말을 하지 않아
아무하고도 놀지 않아
뭘 해도 항상
그 녀석 혼자만 늦어
자기가 새인 줄 아는 게 분명해
눈을 뗄라치면
이내 높은 곳에서 날려고 해
그 녀석은
미친놈이야

머저리야
모두들 너무나 싫어하는
—나의 '좋은 냄새'

마지막으로 너를 보았을 때
너는 땅 위에
빨간 넝마조각처럼 쓰러져 있었다

우리 동네에 있는
가장 높은 탑 꼭대기에서
네가 떨어졌다고
모두들 내게 말했다
틀림없이
네가 땅 위에 부딪힌 다음
아주 조금 뒤미처
너의 좋은 냄새가
땅 위에 떨어졌겠지

그 이후로 모두 갑자기

네가 좋아지는 모양이었다

네 사진이 신문에 실리고
선생님과 학부모회 회장님이
"순진하고 착한 아이였어요"
라고 말했다

언제나 조금 뒤미처 찾아오는
—우리의 '좋은 냄새'

학교

밤이 오면 우리는 일어나서 학교에 갔다.

학교는 바람 부는 넓은 들판에 있었다. 우리는 언제나 풀 위에 느긋하게 드러누워 공부했다. 그래야 밤하늘의 칠판이 잘 보이기 때문이다.

우리 선생님은 어둠의 망토를 걸쳤고 흰 구름 같은 머리가 덥수룩했다. 선생님은 별을 분필 삼아 칠판에 글씨를 쓰고 온갖 지식을 우리에게 가르쳐 주었다.

가을이 끝나갈 무렵 선생님은 우리에게 졸업시험 문제를 냈다.
"가을에 대해서 생각한 바를 발표하세요."

단풍나무 잎은 이렇게 대답했다.
"가을이 되면 우리는
누구에게도 말할 수 없는 비밀을 간직해서
얼굴이 저절로 붉어집니다.
아무리 도망쳐도

우리의 붉은 얼굴이 수면에 비칩니다."

다리가 하나 떨어진 방아깨비는 이렇게 대답했다.
"세상은 기쁨의 악장과 슬픔의 악장이 번갈아가며 반복되는 거대한 교향악입니다. 나는 기쁨을 감지하는 재주를 가졌습니다. 하지만 슬픔을 감지하는 데는 서툽니다.
가을이 되면 나는 다음 악장이 시작되기 전에 자리에서 일어날 준비를 합니다."

그리고 다음 날 밤에는 둘 다 더는 학교에 나오지 않았다. 마침내 학생은 나 혼자밖에 남지 않았다. 나는 큰 소리로 외치고 싶은 마음을 억누르면서 내 답안을 완성하기 위해 열심히 공부했다. 선생님이 새로운 지식을 밤하늘 칠판에 쓸 때마다 하얀 분필 가루가 별똥별처럼 내 얼굴에도 몸에도 쏟아져 내렸다. 내 온몸이 야광 페인트를 칠한 듯 빛을 발할 무렵 드디어 나는 답안을 완성했다.

"죽어가는 생명의 흐르는 피로
산도 들도 새빨갛게 물듭니다.
그것이 가을입니다."

선생님은 고개를 끄덕이더니 나를 광장 한복판의 가지를 펼친 커다란 나무 아래로 데리고 갔다.

단 한 그루 남은 커다란 나무의 열매는 옅은 색으로 익어서 빛났다. 그것은 흡사 한밤에 빛나는 또 하나의 태양이었다. 나는 그 열매를 따서 입에 물었다.

그것이 내 졸업식이었다. 다음 날 아침 나는 죽은 장수풍뎅이가 되어 개미떼에 이끌려 검은 구멍으로 끌려들어 갔다.

지렁이

지렁이를 보면 언제나 욕지기가 났다.

땅 아래에서 흙을 먹고 사는 지렁이가 나와 닮았다고 느꼈기 때문이다. 그 무렵 나는 몸도 마음도 평범한 사람들에 비해 허약했고 늘 무리에서 떨어져 어두운 곳, 외로운 곳만을 찾아 그곳에서 가만히 웅크리고 있었으니까. 지렁이는 흙을 벗어나 햇볕을 오래 쬐면 몸이 말라 죽어버린다.

우리 집 뒤뜰 한구석에 유독 커다란 지렁이 한 마리가 살고 있었다. 그 녀석이 있는 곳은 언제나 검은 덩어리처럼 흙이 뭉쳐지고 부풀어 있어 금방 안다. 땅 중에서도 가장 비옥한 흙이 있는 곳이라고 어른들이 말하던 장소. 그곳은 햇볕이 절대 들지 않는 그야말로 어둠이 지배하는 장소. 그렇지만 한없이 풍요롭고 촉촉한, 멋진 장소. 나는 작은 갈퀴를 가지고 검게 부풀어 오른 흙더미를 파헤쳐 무너뜨리고 그 아래에 숨어 있는 지렁이를 들추어내서는 종일 크게 소리 내어 웃으며 하얗게 거품을 내는 나의 내부를 토해냈다.

도저히 지렁이를 찾지 못한 날은 종일 울적했다. 불안해서 다음 날 아침까지 잠자리에 들지 못했다. 나는 나인데 내가 어디로 가버렸는지 스스로 알지 못했다. 나를 찾지 못한, 나 자신이 아닌 나는 토할 수도 웃을 수도 없었다. 깊은 밤에도 눈을 감고 쉴 수 없어 파란 얼굴의 고무 인형에 불과했다.

　지렁이를 찾지 못한 날이 며칠이나 계속되자 나는 몹시 흥분해 있었다. 그날 나는 뒤뜰의 땅을 갈퀴로 마구 들추며 돌아다녔다. 한 시간쯤 흘렀을 때였다. 내 갈퀴에 기묘한 감촉이 느껴졌다. 온몸을 훑듯이 오싹한 오한이 들었다. 내 목소리가 비명을 지르고 있다는 것을 내 귀는 어렴풋이 들었다. 나는 덜덜 떨면서 내 발끝을 봤다. 예상대로였다. 내 지렁이가 내 엄지손가락만큼 굵은 구릿빛 몸통 한가운데에서 정확히 두 갈래로 갈라져 길게 늘어나고 있었다. 나는 무심결에 내 마지막을 스스로 처리한 것이다.

그러나 그 생각은 틀렸다. 지렁이는 바로 움직이기 시작했다. 그런데 지금까지 한 마리였던 녀석이 어느새 두 마리로 분열되어 있었다. 각각 머리와 꼬리를 가진 두 마리가 조금 짧은 지렁이로 변하여 순식간에 땅의 다른 자리에 재빨리 구멍을 파고 안으로 들어가 버렸다. 캄캄하고 끝없는 자기분열의 심연 속으로.

그날부터 지렁이는 내 뒤뜰에서 자취를 감추었다. 내가 나의 내부를 새하얀 거품으로 토해내는 일도 두 번다시 일어나지 않았다. 한동안 어른들은 싱글벙글 웃으며 내 몸이 건강해졌다고 입을 모아 칭찬했다.

그렇지만 그 후로 내 뒤뜰에는 어떠한 꽃이나 나무, 풀도 자라지 않았다. 그곳은 척박하고 황폐한 허망하고 덧없는 세계가 되어버렸다.

나는 어른들에게 선언했다. 나는 이제 뒤뜰이 보이는 어린아이의 방에서 한 걸음도 나가지 않기로 결심했다고. 나는 어둡고, 외롭고, 볕이 들지 않는 곳에서만 살 수 있으니까.

이제 내 방 창문에는 쇠창살이 끼워졌고 출입구에는
쇠사슬이 달린 단단한 열쇠가 매달려 있다(내가 어른들
에게 그리 해달라고 부탁했다).

그럼에도 여전히⋯⋯

이곳은 풍요롭고 촉촉하고 즐거운 곳이다.

손톱 우주

낡은 노트를 한 권 찾았다. 표지에는 서툰 글씨로 '손톱 우주'라고 적혀 있다. 글자가 쓰여 있는 건 처음 두 페이지뿐이고 나머지는 백지다.

1페이지에는 이렇게 쓰여 있다.
"손톱을 자르면 초승달이 가득 하늘에 떴다."

한 줄짜리 시일까. 손톱을 손톱깎이로 탁 자르면 잘린 손톱 조각은 초승달 모양을 닮았다. 이를 말하고자 했던 게 아닐까. 아니면 손톱을 자르고 있었더니 정말로 하늘에 초승달이 가득 떴다는 뜻일까.

도대체 나는 어떤 세계에서 이 노트를 쓰기 시작한 걸까.

*

이 노트를 쓰기 시작한 경위가 불현듯 기억에 되살아났다. 그래. 이 노트는 미지의 세계에 대한 탐색 노트로 쓸 작정이었다.

손톱을 가만히 보고 있자니 반투명의 우윳빛 손톱이 어딘가 이곳과는 다른 세계와 이 세계를 가로막고 있는 한 장의 젖빛 유리문처럼 느껴졌다. 그 유리문을 깨부수기만 하면 아직 아무도 보지 못한 별세계로 들어가는 입구가 열리는 것은 아닐까.

그리고 실제로도 그것은 꾸밈없는 실화다.

물론 별세계라고 해서 우주 끝 다른 행성으로 갈 수 있는 것은 아니다. 다른 차원으로 넘어가는 것과도 조금 다르다.

예를 들어 이곳에 주머니 하나가 있다고 치자. 주머니에는 안쪽 부분과 바깥 부분이 있다. 이 주머니 입구 안으로 손을 밀어 넣고 주머니 바닥을 집어 입구 밖으로 끄집어낸다면 어떻게 될까. 조금 전까지 봉투의 안쪽이었던 부분이 바깥이 되고 바깥쪽이었던 부분이 안이 되겠지. 요컨대 봉투가 뒤집히는 것이다.

마찬가지다. 손가락에서 손톱을 떼어내면 그때 우리의
몸은 뒤집힌다. 그리고 나는 우리 몸의 안쪽에 숨겨져
있던 또 하나의 별세계로─안의 세계로 들어갈 수 있다.
게다가 우리 몸 안쪽에 숨겨져 있던 세계는 하나뿐이 아
니다. 꼭 양쪽 손톱 발톱의 수만큼─즉 스무 개의 별세
계─다른 세계가 있다.

이 노트는 스무 개의 다른 세계를 차례로 탐색하고 그곳
에서 내가 본 것들을 모조리 기록하기 위해 준비한 것이다.

*

어느 날 나는 철물점에서 펜치를 사 와서 탐색을 떠날
준비를 했다. 준비라고 해도 오른손에 든 펜치로 왼손
중에 아무 손톱이나 과감히 떼어내면 된다. 그리고 실제
로 나는 그렇게 했다.

"왼손 엄지손톱을 떼어냈다. 황홀한 저녁놀이었다."

노트 2페이지에는 이렇게 쓰여 있을 뿐이다. 나머지는 백지다.

아마 나는 왼손 엄지손톱을 겨우 떼어내기는 했지만 극심한 고통에 정신을 잃을 정도였을 것이다. 그런 연유로 스무 개의 다른 세계를 하나하나 탐색하려는 계획을 서둘러 중지해버렸음이 틀림없다.

황홀한 저녁놀이란 손톱을 떼어냈을 때의 엄청난 출혈을 뜻하리라. 아니면 손톱을 떼어내면 그 반대편에 정말로 타는 듯한 저녁놀이 펼쳐져 있다는 걸까. 설마 그런 일이…….

　　＊

아니 실제로 나는 그날 타는 듯한 저녁놀이 펼쳐진 하늘 저편으로 떨어졌다. 정확히 말하면 이편으로 떨어졌다고 해야 하나.

그렇다. 나는 그날 손톱 너머 안쪽의 세계에서 이 바깥세상으로 떨어진 인간이다.

이제 나는 더는 두 번째, 세 번째 다른 세계로 이동하려는 생각을 하지 않는다. 그렇지만 내가 내 손톱 안에 숨겨져 있던 첫 번째 다른 세계에 다녀온 사실만은 분명하다. 아니다. 아예 넘어왔다. 이렇게 이 세계로.

내가 이 세계에서 어딘가 기묘하게 보이는 면이 있을지라도 이를 비웃거나 비난하지 않았으면 한다.

내가 보기에 속이 뒤틀리도록 이상하고 기묘한 쪽은 당신들이니까.

반대편 세계가 어떤 세계였는지, 딱 하나 분명히 기억하는 것이 있다.

그곳에서는 밤이 되면 손톱깎이로 자른 손톱 조각 같은 초승달이 가루를 뿌려놓은 듯 하늘 가득 떠올랐다.

한밤중의 태양

태양은 아침과 함께 떠올라 저녁에 진다. 그런데 예전에는 한밤중에 떠오르고 동트기 전에 지는 또 하나의 태양이 이 세상에도 있었다. 한밤중에 떠오르는 태양은 낮을 밝히는 태양보다 열 배, 아니 백 배, 천 배는 더 밝다고도 했다. 한밤중에 떠오르는 태양 빛을 쬐면 지상에 존재하는 모든 진실하지 않은 것, 아름답지 않은 것, 옳지 않은 것들이 순식간에 눌어붙어 사라져버린다.

한밤중을 밝히는 태양이 떠오를 때쯤에 진리를 구하는 학자나 아름다움을 좇는 예술가, 정의를 발견하려 애쓰는 사법관들이 일제히 갈팡질팡하며 바깥으로 나온다. 그들은 방금 자신이 발견한 진리나 막 완성된 수려한 시구, 빈틈없이 구성된 판결문 등을 산처럼 쌓아 올릴 장소를 찾아 햇볕이 잘 드는 언덕 비탈길로 몰려든다. 그들은 마른 침을 삼키며 한밤중을 밝히는 태양이 떠오르기를 기다린다. 그러나 그들이 쌓아 올린 것들이 아침까지 그 존재를 완수한 선례는 한 번도 없다. 그것들은 그들의 눈앞에서 한밤중을 밝히는 태양 빛을 쬐다가 금세 다 타버렸기 때문이다.

어느 날 밤 한 쌍의 연인이 손을 맞잡고 언덕의 비탈길을 올라간 적이 있었다. 둘은 누가 봐도 진실로 사랑하는 아름다운 연인이었다. 한밤중을 밝히는 태양이 두 사람의 머리 위를 천천히 지나가는 사이에 둘은 홀린 듯이 눈을 감고 뜨거운 포옹에 몸을 맡겼다. 다음 날 아침 둘은 올라갈 때와 마찬가지로 씩씩하게 언덕을 내려왔다. 그러나 둘은 더는 손을 잡고 있지 않았다. 그들의 사랑은 한밤중을 밝히는 태양 빛을 쬐는 순간 홀연히 흔적도 없이 둘의 마음속에서 사라졌다.

점차 사람들은 한밤중의 태양을 저주스럽게 여기기 시작했다. 한밤중의 태양은 어떤 기만과 가식도 허락하지 않았기에 사람들이 어제까지 믿었던 진실과 아름다움, 정의가 오늘은 완전히 그 존재를 부정당했다. 남은 것은 견딜 수 없을 만큼 괴롭고 덧없으며 하루하루의 생활 속에서 아무 특별한 일 없는 반복뿐이었다. 도대체 이것이 진실이고 정의고 아름다움이란 말인가. 사람들은 깊은 회의에 빠졌다.

의심에 사로잡힌 것은 사람만이 아니었다. 한밤중을 밝히는 태양 자신이 자신에 대한 불신의 감정으로 요동쳤다. 어쩌면 자신이 해 온 일들이 모두 완벽한 과오는 아니었을까. 자신이 세상으로부터 행복을 빼앗고 사람들을 파멸로 내몰면서 그것을 자신의 순수함, 성실함으로 착각했던 건 아닐까.

자신감을 잃은 한밤중을 밝히는 태양은 광채가 눈에 띄게 줄어들었다. 그리고 그 광채를 맞고도 사라지지 않고 남은 진실이나 아름다움, 정의가 조금씩 태어나려 했다. 사람들은 광희狂喜에 휩싸였다. 드디어 영원한 진리가, 지극한 아름다움이, 절대적인 정의가 자신들의 것이 되었다고 여겼다. 사람들이 한밤중을 밝히는 태양을 신처럼 떠받들게 되기까지 오래 걸리지 않았다. 한밤중을 밝히는 태양은 자책감에 괴로워하면서도 조금씩 자신감을 되찾았다. 자신이 분명 사람들에게 도움을 주는 존재가 되었음을 이제는 쉽게 믿을 수 있었기 때문이다.

그런데 어느 날 밤 불현듯 파멸이 찾아왔다. 어느 시인 하나가 깜박하고 손거울 하나를 뜰 앞에 놓아둔 채 잠들어버린 것이다. 한밤중을 밝히는 태양은 아무런 의심 없이 시인이 두고 간 거울 위에 다다랐다. 그 순간이었다. 거울은 한밤중을 밝히는 태양을 온몸으로 받아들이더니 주저 없이 한밤중을 밝히는 태양을 향해 그것을 탁 하고 던져버렸다. 악 소리를 내지를 겨를도 없었다. 한밤중을 밝히는 태양은 순식간에 사라졌다. 그렇다. 이제 더는 한밤중을 밝히는 태양 자신이 자신의 빛을 견뎌 내지 못하는 거짓의 존재로 전락한 것이다.

그 후 한밤중에 떠오르는 태양의 존재는 영원히 사라졌다. 그런데도 진리와 아름다움, 정의를 구하려고 발버둥 치는 학자나 예술가, 사법관 중에는 아직도 한밤중을 밝히는 태양이 떠오른다고 믿으며 밤새 뜬눈으로 지새우는 사람들이 있다. 그들은 옛날부터 이어진 습관을 도저히 버리지 못한다.

한밤중을 밝히는 태양이 떠오르지 않게 된 이후 온 세

상은 언제나 거짓과 추함과 악이 판쳤다. 당연한 일이다. 진실하지 않은 것, 아름답지 않은 것, 옳지 않은 것들을 모조리 지상에서 사라지게 할 힘을 가진 것이 더는 세상에 존재하지 않았으므로.

그리고 다들 짐작했겠지만 한밤중의 뜰 앞에 깜박하고 손거울을 꺼내 놓은 어리석은 시인은 바로 나다. 사람들은 나를 돌로 치고 얼굴에 마구 침을 뱉은 다음 세상 밖으로 영원히 추방하였다. 내 어리석음이 사람들의 자만심에 비해 과연 그렇게 큰 죄일까?

변명처럼 들리겠지만 이제 나는 내 운명을 꽤 즐기기까지 한다. 세상 밖에 존재하는 이 심심하고 아무것도 없는 장소에서는 나는 사느냐 죽느냐 하는 쓸데없는 질문 때문에 골머리를 썩일 필요가 없다. 여기에서는 삶도 죽음도 금지되어 있다. 따라서 나는 무엇이 진실이고 무엇이 거짓인지, 무엇이 아름답고 무엇이 추한지, 또 무엇이 정의이고 무엇이 악인지 고민하며 죽도록 괴로워하지 않아도 된다.

나는 두 번 다시 사람들이 사는, 태양이 하나뿐인 비정상의 세계로는 돌아가지 않으리라.

암호해독사

거의 세상 끝이라고 불러도 좋을 막다른 곳에 잊힌 듯 존재하는 Kana라고 하는 작은 마을을 아는가? 이 마을이 사람들의(여러분들의) 기억 속에 아주 조금이라도 흔적을 남기었다면 아마도 그 이유는 세상에서 단 한 곳뿐인 암호해독소所가 이 마을의 외진 곳에서 활동하고 있다는 사실 때문이다. 그리고 그곳에서는 세상에 단 한 명밖에 남지 않은 마지막 암호해독사가 지금도 여전히 묵묵히 일하고 있다.

무엇보다도 자명한 사실은 암호해독사가 아직 풀지 못한 암호의 산에 파묻혀 일하는 모습을 이 마을 주민들조차 한 사람도 보지 못했다는 점이다. 첫째, 암호해독소가 도대체 어디에 존재하는지 그 정확한 장소를 맞힐 수 있는 사람조차 한 사람도 없는 형편이다. 왜냐하면 암호해독소가 활동에 들어가는 시간은 반드시 모든 마을 사람들이 잠들어 고요해진 뒤, 한밤중이 지나서이기 때문이다. 암호란 것이 그런 심야에만 들어올 테니 어쩔 수 없지만(그렇게 주민들은 말한다). 매일 밤 온 마을의 모든 불이 꺼지고 주민들이 저마다의 지붕 아래서 저마다의 꿈을 꾸기 시작하면 곧바로 마을 외진 곳 어딘가에서 암호해독소의 창에 유난히 밝은 불이 켜진다. 그 불은 아침까지 밤새도록 한밤중의 태양처럼 반짝반짝 빛을 낼 거야(그렇게 그들은 상상한다). 암호해독사는 그렇게 다른 사람들이 꿈을 꾸는 동안 깨어 있고 다른 사람들이 깨어 있는 동안 꿈을 꾸는, 언제나 사람들과 반대로 살 수밖에 없는 자일 거야(그렇게 그들은 굳게 믿는다).

(마을 사람들의 전설에 따르면) 암호는 깊은 밤에 암호해독사의 손에 쥐어진 펜 끝에서 저절로 종이 위에 기록된다고 한다. 예를 들면 암호는 "고양이는 그날 밤 자신은 지면에 별의 수만큼 그림자를 끌고 있는 모습을 언제까지나 넋을 잃고 바라보았다."라고 하는 의미가 불분명한 한 단락짜리 단편이기도 했고, '한낮의 꿈, 한밤중의 태양'처럼 대구를 이룬 기묘한 문구이기도 했고, '꿈의 색은 한낮의 ㅁㅁ보다 푸르고, 꿈의 냄새는 ㅁㅁ보다도 달콤하다.'라고 벌레 먹은 듯이 구멍 난 미완성의 수사일 때도 있다고 한다. (또 다른 주민들의 이야기에 따르면) 암호는 예상했던 대로 깊은 밤에 나타나는데 예를 들어

한 소녀의 언어가 되어 암호해독사의 가슴을 찌르기도 한다는 것이다. "오늘 밤엔 머리가 아파서 못 갑니다. 미안해요." "당신 얼굴을 보고 있으면 짜증이 나요." "이걸로 마지막이야. 안녕!"……왜?……왜?……왜?……

그 의미를 풀어야 한다. 날이 새기 전에 모든 암호를 풀어야 한다. 그렇지 않으면(이라고 주민들은 서로 속닥거린다). 암호해독사는 처벌을 피할 수 없다. 그렇다. 처벌은 어느 날 갑자기 예고 없이 내려지겠지(라고 그들은 서로 소문을 주고받는다). 암호해독사는 그날도 여느 때와 다름없이 새벽녘까지, 밤새 가혹한 노동으로 피로해진 몸을 자신의 딱딱한 침대에 누인다. 그리고 그대로 그의 몸은 경직되기 시작하고 결국 다시는 눈을 뜨지 못한다. 영구히 계속되는 한낮의 꿈속으로 추방되고 그는 두 번 다시 그 형벌에서 풀려나지 못한다(라고 그들은 결론짓는다).

아니, 암호해독사에게 어느 날 영원의 잠이 찾아온다 해도 그것이 형벌일 리는 없다(라고 다른 주민들은 반론한다). 그것은 암호해독사의 꾸준한 노동과 공적에 대해

수여되는 최고의 영예이며 보수다(라고 그들은 주장한다). 왜냐하면 두 번 다시 눈 뜨지 않고 영원히 지속되는 한낮의 꿈속에서 계속 쉴 수 있는 것이야말로 암호해독사가 여태껏 한결같이 바라고 갈망해 온 바일 테니 말이야(라고 그들은 단정한다).

아니, 그렇지 않다(라고 세 번째 가설을 내세우는 주민들이 존재한다). 이미 몇 년, 몇십 년, 혹은 어쩌면 벌써 몇 세기에 걸쳐서 암호해독사는 처벌 또는 보수로서 잠속에 있는 건 아닌가(라고 그들은 추론한다). 생각해보라. 깊은 밤 이 마을의 외진 곳 어딘가에 존재한다는 암호해독소의 창에 환하게 불이 켜지는 것을 우리 중 누구 한 사람이라도 본 적이 있는가. 그 이유는 무엇인가. 암호해독사가 아직 해독하지 못한채 산적해 있는한 암호에 파묻혀 일하는 모습을 아직 아무도 직접 본 적이 없다는 사실은 무엇을 의미하는가(라고 그들은 논의했다).

아니, 아니, 둘 다 틀렸어. 암호해독소도 암호해독사도 전설에 지나지 않고 처음부터 존재하지 않았다(라고 가장 회의적인 의견을 말한 측은 네 번째 그룹 주민들이다). 우리의 세계에 일찍이 암호라 불릴 만한 것이—그 단어의 가장 정확한 의미에서—존재한 선례가 있었던가(라고 그들은 의문을 던진다). 가령 백 보 양보해서 암호가 이 세계에 존재한다고 쳐도 고대부터 우리 마을에 전해져 내려온 속담을 말하는 게 아닌가. '모르는 건 모르는 것이다. 이해되지 않는 건 이해되지 않는 것이다.'처럼. 애당초 세상의 숨은 의미—그런 게 존재한다고 가정한다면—를 해독해내려 하는 일만큼 어리석고 더없는 헛수고는 없다(라고 그들은 모든 논쟁에 종지부를 찍었다).

하지만 저들의 말 중에는 참말이 없다. 왜 내가 그렇게 단언할 수 있느냐 하면 나야말로 세상에 단 한 명 남은 최후의 암호해독사이기 때문이다. 솔직하게 말하겠다. 암호는 깊은 밤 내 손에 쥐어진 펜 끝에서 저절로 종이 위에 기록되는 것도 아니고, 한 소녀의 언어가 되어 내 가슴을 찌르는 것도 아니다. 암호는 처음부터 그곳에 있었다.

그렇다. 이처럼 세상에 단 한 명뿐인 최후의 암호해독
사인 나 자신이야말로 암호인 것이다. 그리고 내게 주어
진 임무는 (그것을 나에게 부여한 이가 어떤 자인지조차
나는 아직 명쾌하게 풀지 못했지만) 세상에 단 하나 남
은 이 암호의 의미를 남김없이 해독하는 것이다. 그 임
무를 다할 때까지는 어떠한 처벌도 보수도 내게 내려지
지 않는다.

오늘 밤도 모든 사람들이(당신들이) 고요히 잠든 깊은
밤에 나는 내 암호해독소 책상 위에 조심스럽게 작은 불
을 켠다. 나의 내부만을 밝히는 그 불(그것은 정말로 불
일까. 불이 아니라면 그것을 무엇이라고 불러야 하나)은
사람들의(당신들의) 눈에는 결코 보이지 않는다. 그렇게
나는 사람들이(당신들이) 꿈꾸는 동안 깨어 있고 사람들
이(당신들이) 깨어 있는 동안 꿈을 꾸는 낮과 밤을 영원
히 반복해야 한다. 왜 내가 끝끝내 사람들과(당신들과)
항상 반대로 살아갈 수밖에 없는 암호해독사인지 그 비
밀을 풀 때까지는.

등대지기

마을에서 떨어진 이 황폐한 해안에서 내가 철새들을 위한 등대를 지키게 된 후로 얼마나 많은 세월이 흘렀을까.

아득하리만치 긴 시간을 이제는 내 신경이자 육체의 일부처럼 느껴지는 거대하게 빛나는 등대의 눈을 통해 어둠을 응시하는 일에 사용했다.

교대요원도 없이 세상에서 잊힌 지 오래인 등대지기인 내게 달리 해야 할 일이 있겠는가.

*

과립성 결막염 같은 석양이 사라져 간다. 하늘과 바다도 어둠의 두터운 속눈썹을 닫는다. 그러면 그것과 교대로 등대는 빛나는 거대한 눈을 뜬다.

그때 등대를 둘러싸는 어둠의 모든 방향에서 일제히 철새들의 날갯소리가 들리기 시작한다. 보이지 않는 외침, 보이지 않는 전언, 보이지 않는 노래나 중얼거림이 순식간에 하늘을 가득 메운다.

그들은 제각기 묻는다. "네 그 빛나는 큰 눈에 내 모습이 보이니? 내 날개는 어떤 글자 모양이야? 내가 어떤 외침인지, 어떤 전언인지, 어떤 노래인지 어떤 중얼거림인지 알 수 있어?"

그들은 요구한다. "나를 받아써 줘. 나를 혼란 속에서 구해 줘. 나에게 방향을 부여하고 올바르게 배열해서 의미와 이미지를 헤아려 줘. 그것도 아니라면……"

새들은 미쳐 날뛴다. 새들은 앞다투어 빛나는 거대한 눈동자의 주변으로 돌진하며 서로를 밀어젖힌다. 부딪히고 소리 지른다.

한 마리가 등대의 벽에 충돌한다. 목뼈가 부려진다. 열 마리가 차례차례 겹쳐서 추락한다. 백 마리가 우르르 겹쳐서 쓰러진다. 천 마리가 비명을 지른다. 그 다음은 아비규환이 벌어진다.

매일 아침 나는 등대를 에워싸듯 산처럼 높게 쌓여 있는 새의 시체 더미를 절망스럽게 바라본다.

아마도 그때 내 눈빛은 한 편의 시를 쓰기 위해 하룻밤 꼬박 새운 뒤 노트에 써놓은 엄청난 말의 시체 더미를 망연히 바라볼 때 시인의 눈빛과 꽤 닮았을 게 틀림없다.

나는 때때로 깊은 의혹에 사로잡힌다. 등대는 정말로 새들의 편의를 위하여 이곳에 지어진 것일까. 혹시 새들을 교묘하게 꾀어내어 멸종시키기 위한 무시무시한 올가미는 아닐까.

물론 나는 지금도 굳게 믿는다. 언젠가 천 개의 실망 끝에 단 한 번의 눈이 아뜩해지는 환희가 나를 흡족하게 해 주는 그 순간이 찾아오리라는 것을. 그렇다. 그 순간은 반드시 이러하리라.

어느 깊은 밤 누구보다도 먼 곳에서 찾아온 그날의 마지막 방문자 한 마리가 혼란에서 탈출하여 빛의 영역에 붙잡혀 어둠 속으로 선명하게 떠오른다. 빛나는 큰 눈이 밤하늘에 드러난 그 글자를 읽는다. 그리고 내가 떨리는 손으로 그것을 노트에 받아 적는다.

어둠 속을 울리는 엄청난 지저귐이 일제히 사그라질 것이다. 새들이 갑자기 얌전해진다. 그들의 임무는 끝난 것이다. 그들의 날개에 맡겨진 외침은, 전언은, 노래나 중얼거림은 이미 확실히 간파되어 글로 남았으니까.

그때야말로 철새를 위한 등대도 그 역할을 끝내는 것이다. 빛나는 거대한 눈은 두 번 다시 밤새 뜬 눈으로 잠 못 이루는 일은 없으리라. 나는 내 등대와 함께 결코 깨지 않는 깊은 안식의 잠을 영원히 탐할 권리를 얻으리라.

내 친구였던 인형

그날 그 사람은 인형의 팔을 땄습니다. 다리도 땄습니다. 마지막으로 목을 땄습니다. 그래도 인형은 노래했습니다.

"만일 내 몸이 빛으로 만들어졌다면 나는 해님과 달님, 우뚝 솟은 무지개 기둥을 이 손으로 잡을 수 있을 텐데."

그 사람은 인형을 짓밟아 납작하게 찌그러뜨렸습니다. 내장이 전부 튀어나오고 눈깔이 굴러떨어져 나왔습니다. 그래도 인형은 계속 노래했습니다.

"만일 내 몸이 꿈으로 만들어졌다면 나는 과자집이나 성이나 궁전에서 살 수 있었을 텐데."

그 사람은 인형에 불을 붙였습니다. 인형은 불에 타 연기가 되었습니다. 재가 되었습니다. 그래도 인형은 계속 노래했습니다.

"만일 내 몸이 살과 뼈로 만들어졌다면 나는 당신의 애인이 되어 당신 가슴에 죽을 때까지 안길 수 있었을 텐데."

인형은 그 사람의 애인이 되지 못했습니다. 인형의 몸은 누더기 조각과 약간의 지푸라기로 만들어졌으니까요.

인형은 그 사람에게 미움받던 겁니다. 인형은 그 사람을 좋아했는데. 그래도 인형은 계속 노래했습니다.

"만일 내 몸이 언어로 만들어졌다면 나는 한 편의 시가 되어 당신을 위해 끝없이 노래할 수 있었을 텐데."

삼십 년 전 그 사람이 버린 인형은 단 하나뿐인 내 친구였습니다. 그래서 저는 오늘 인형을 위해 시 한 편을 썼습니다.

이 시는 내 친구였던 인형의 새로운 몸입니다. 삼십

년 전 인형을 버리고 인형을 죽인 그 사람에게 저는 이
시를 보낼 작정입니다.

이 시가 내 시집에 들어 있는 한, 그 사람은 내 친구였
던 인형에게서 도망치지 못합니다. 자유로워지지 못합
니다.

꼼짝 않고 앉아 정신이 이상해질 때까지 내 친구였던
인형의 시를 읽으십시오.

2부

붉은 눈

'나'를 지우다

흰 종이를 획 뒤집었다. 그러자 갑자기 나는 뒷면의
세계로 빨려 들어갔다. 어째서 이렇게 간단히 들어갈 수
있었을까. 조금 전까지 나에게 시끄럽게 설교를 늘어놓
던 아버지는 종이 위에 적힌 '아버지'라는 글자가 되어버
렸고, 이제껏 내 주위에 있던 모든 것이 사라지고 종이
위에 적힌 '현실'이라는 단 두 개의 글자가 되어버렸다.
공상할 나이는 훨씬 지났잖니……라며 아버지가 야단을
치고 있었던가. 나도 이런 상황이 믿기 어렵다니까요.

＊

종이밖에 없다. 이곳에는 흰 종이와 거기에 적힌 글자
밖에 없다. 종이에는 이런 것도 적혔군요. '한 장의 백지
를 책상 위에 펼친다. 그것은 내가 지금 가려고 했던 변
경 지방의 지도다. 그것이 백지 상태인 건 그 지방에는
적어두어야 할 것이 아무것도 눈에 띄지 않기 때문이다.
그렇다. 그곳에는 정말로 무엇 하나 존재하는 것이 없
다…….'라고 젠체하며 적혀 있다. 이거, 누가 적었을까.
나는 아니야. 나는 그저 아버지에게 야단을 맞고 부루퉁

해져서 무심코 흰 종이를 펼쳤을 뿐이다. 그리고 그것이 이 세상이 아닌 어딘가 다른 세계의 지도이며 지금 내가 그곳으로 가는 길이라면 좋겠다고 생각했다. 하지만 나는 상상력이 빈약하므로 그곳이 어떤 세계인지 전혀 떠오르지 않았다.

*

이곳에는 아무것도 없으므로 나는 아무것도 할 일이 없다. 시인이었다면 '나는 아무것도 쓸 말이 없다'라고 쓰겠지. 아니다. 그러고 보니 딱 하나 해 봐야 할 일이 있다.

*

이제부터 나는 종이 위에 적힌 '나'라고 하는 글자를 지워 볼 작정이다. 그러면 반드시 이 종이의 표면에 있는 '현실'의 세계에서 이전까지 '나'였던 내 심장이 멈출 것이다.

*

(나는 나일까? 아니면 '나'일까?)

*

종이 위의 글자로 변한 내 '아버지'. 먼저 떠나는 불효자를 용서하시옵소서. 나 원 참, 리얼리티가 전혀 느껴지지 않는걸.

*

그렇다면 이제부터 '나'를 지운다.

*

굿바이!

망원경

아이*는 노지리 호에이*의 『천체와 우주』나 『별자리 이야기』를 책장이 너덜너덜해질 때까지 몇 번이고 몇 번이고 읽어 주었습니다. 그리고 늘어나기도 하고 줄어들기도 하는 커다란 천체망원경으로 별이 가득한 밤하늘을 내게 보여 주겠다고 했습니다. 그래서 나는 아이와 함께 어두운 곳으로 갔습니다. 그곳에서 아이의 망원경을 늘이기도 하고 줄이기도 하며 밤새워 놀았습니다. "제일 어두운 곳으로 가야지 별을 볼 수 있어."라고 아이는 말했습니다. "세상에서 제일 어두운 곳으로 간 사람이 이 세상에서 제일 아름다운 걸 볼 수 있는 거야." 아이는 그렇게 말했습니다. 그리고 이 세상에서 가장 어두운 곳으로 가는 방법을 아는 사람은 세상에서 아이 한 사람밖에 없었습니다. "혼자서 어두운 곳에 가면 안 돼." 어머니는 항상 말씀하셨습니다. "밝은 어린이가 됩시다." 선생님도 말씀하셨습니다. 그런데 아이는 달랐습니다. "밝은 게 너무 많아서 이 세상에서 제일 아름다운 걸 볼 수 없다는 걸 모두 모르고 있어." 아이는 그렇게 말했습니다. "가장 아름다운 걸 보고 싶다면 밝은 것들은 모두 버려야만 해." 그래서 아이가 나에게 가장 어두운 곳으로 가자고 말했을 때 나는 아이를 따라간 겁니다. 어디든 어디까지든 따라간 겁니다.

"둘이서 가장 어두운 곳으로 가자." 아이가 내 목을 조르고 내가 아이의 목을 졸랐습니다. "이 세상에서 가장 아름다운 걸 보는 거야." 심장이 덜컥했습니다.

눈을 뜨자 히로시*는 정말로 이 세상에서 가장 어두운 곳에 있었습니다. 하늘이 벌써 크고 작은 별로 눈부실 만큼 가득 차 있었습니다. 히로시의 손은 무심코 망원경을 꽉 움켜쥐었습니다. 그러나 함께 와 주기로 한 아이가 없습니다. 그렇게 굳게 약속해 놓고서 아이는 히로시를 배신한 걸까요. "거, 거, 거짓말쟁이……." 망원경은 아이를 찾기 위해 히로시의 손에서 쑥쑥 밤하늘을 향해 늘어났습니다. "아, 아, 아이……." 히로시는 캄캄한 밤하늘에 하얀 액체를 내뿜듯 몇 번이고 몇 번이고 외쳤습니다.

그 순간이었습니다. 내가 이 세상에서 가장 아름다운

것을 본 건. 밤하늘 한복판에 아이의 얼굴만이 마치 한밤의 태양처럼 빛나며 밝게 떠 있었습니다. 그 얼굴은 고통에 일그러진 듯도 하고 또 고조되는 기쁨을 참고 있는 듯도 보였습니다. "아이, 내가 정말 좋아하는 아이……." 나는 큰 소리로 불렀습니다. 하지만 내 목소리는 아이에게 닿지 못했습니다. 아이는 이미 분노도 슬픔도 모두 잊은 듯, 이제 다 포기해버렸다는 듯 어둠보다도 어두운 불꽃을 튀기며 암흑성처럼 조용히, 조용히 타오르고 있었습니다.

그리고는 히로시에게 점점 여러 가지가 보이기 시작했습니다. 아이의 얼굴 아래 이상하게 뒤틀려 길어진 목과 벌어진 앞섶 사이로 맨살의 가슴이 보였습니다. 그리고 그 목에 깊게 손톱을 세워 휘감고 있는 히로시의 양손이 서서히, 서서히 보이기 시작했습니다.

심장이 한 번 더 덜컥 내려앉았습니다. 하늘에 가득한 큰 별과 작은 별이 탁 하는 소리와 함께 한꺼번에 사라졌습니다. "부탁이야. 돌아와……." "밝은 곳으로 돌아오

렴……." 어머니와 선생님의 목소리가 멀리서 희미하게
잠시나마 들려왔습니다.

　그리고 그 이후

　사방이 어둠에 휩싸였습니다.

〈옮긴이 주〉
* 아이: 일본인의 이름.
* 노지리 호에이(野尻抱影, 1885~1977): 일본의 영문학자, 수필가, 천문민
　속학자.
* 히로시: 일본인의 이름.

연기煙氣병

최근 수년 동안 시인들 사이에서 크게 유행하고 있는 연기병이 드디어 나에게도 찾아왔다. 쓰면 쓸수록 내 시는 현실감을 잃고 눈에 뻔히 보이는 새빨간 거짓말이 되어버린다. 시로 쓴 세계의 심오함과 내면이 깊이, 무게나 의미가 점점 사라져 가는 것이 초기 증상이고, 결국에는 무엇을 쓰든 쓰자마자 글자가 연기가 되어 사라져버리는 것이 바로 연기병이다. 나에게 그 자각증상이 나타난 때는 다음의 4행을 쓴 뒤였다.

종이 위의 남자 셋
첫 번째 남자는 납치범
두 번째 남자는 불효자
세 번째 남자는 모른다

3년 전에 절필한 전직 시인 A를 찾아가 도와달라고 호소했다. A도 연기병에 사로잡힌 뒤로 시인을 그만두었다. 그는 내 시를 잠깐 매섭게 노려보더니 말했다. "역시 그렇구나. 이 세 번째 남자가 바이러스야. 이 녀석이 자네의 세계에 들어가면 안 돼. 이 녀석은 애당초 자네의 세계에 있어서는 안 될 녀석이야. 나도 그랬지. 아무리 지워도 이 녀석을 쓰게 되는 거야. 만만치 않은 녀석이지. 온갖 수를 다 써 봐도 종이 위로 나오려고 했어. 상사병처럼."

마지막 말은 잘 이해되지 않았지만 어쨌든 실마리는 찾았다. 집에 돌아와 예전 시집 『한밤중의 태양』을 주의 깊게 다시 읽는다. 그러자 확실히 세 번째 남자라고 할 만한 녀석이 이 작품에도 저 작품에도 어렴풋이 얼굴을 들이밀고 있다는 걸 알았다. 그자는 밖으로 나오고 싶어 안달했지만 내가 그 녀석을 표현하려고 해도 그 모습이 생생하게 그려지거나 뚜렷한 의미가 떠오르지 않았다. 도대체 이 남자는 어디에서 내 세계로 들어온 바이러스일까?

종이 위의 남자 셋
첫 번째 남자는 무릎을 꿇고
두 번째 남자는 떨고 있었다
세 번째 남자는 모른다

이 이상 연기병이 진행된다면 나도 A처럼 시인을 그만두어야 한다. 그렇지만 그 모습을 상상할 수도 없고 왜 존재하는지 그 의미를 헤아릴 수도 없는 연기 같은 녀석을 작가인 내가 어찌할 수 있으랴. 상상의 세계에서 상대를 말살하기 위해서는 그 녀석을 반드시 상상해 내야 한다. 그것이 불가능한 상대를 어찌 없앨 수 있으랴?

종이 위의 남자 셋
첫 번째 남자는 외톨이
두 번째 남자는 불행
세 번째 남자는 모른다

생각다 못해 나는 싸움을 잘하기로 유명한 만화가 S를 찾아가 보았다. S는 최근 십이지장궤양으로 1년 가까이 신작 만화를 발표하지 않았다고 들었다. 그런데 가보니 십이지장궤양이라는 건 오진이고 실은 그보다 훨씬 중증인 연기병이었다. 나는 등줄기에 오싹 소름이 끼쳤다. S는 내게 조언해줄 처지가 아니었을 뿐더러 오히려 나에

게 3번지에 있는 병원에 가서 약을 타다 달라고 부탁해
왔다. 나는 나 자신의 연기병도 잊고 황급히 S의 집을
뛰쳐나왔다.

하지만 그 순간 나는 발부리가 걸려 넘어져서 S가 그
리다 중단한 만화의 한 칸 속으로 꽈당 넘어지고 말았
다. 넘어지는 순간 잠깐 만화 제목이 눈에 띄었다. '연기
병'.

그 칸 속에는 이미 두 남자가 쓰러져 있었다. 한 사람
은 피범벅이 되어 얼굴은 흐물흐물하게 무너져 내리고
있었다. 또 다른 한 사람은 오랫동안 병을 앓은 사람 같
았다. 지푸라기처럼 여위고 볼도 홀쭉한 그는 쓰러져 있
었다. S가 적어놓은 이름을 읽어보면,

종이 위의 남자 셋
첫 번째 남자는 살해당했다
두 번째 남자는 행려병사자
세 번째 남자는 모른다

세 번째 남자가 보이지 않아 나는 두리번거렸다. 그러는 사이에 칸 밖에서 내 뒤를 이어 찾아온 싱어송라이터 T와 S가 이야기를 나누는 소리가 들려왔다. "세 번째를 어떻게 그리면 좋을지 모르겠어." T는 "흠." 하며 듣고 있다가 돌연 가방에서 꾸깃꾸깃해진 악보를 꺼내어 노래하기 시작했다.

종위 위에 남자 셋
첫 번째 남자는 남편입니다
두 번째 남자는 애인이요
세 번째 남자는 모른다

"자네들 세계에서도 연기병이 유행하고 있나?" 하고 놀란 듯이 S가 T에게 묻는다. T는 늘 하는 습관대로 입술을 약간 삐죽 내밀었다. "그렇다니까. 세 번째가 아주 끈질긴 남자야. 상상도 못할 만큼 이해할 수 없는 천하의 바보천치인데 이 녀석에게 붙잡혀서 피해가 이만저만이 아니야." 이대로라면 T도 싱어송라이터를 관두어야 할 판이다. 안타깝게도.

그런데 적어도 S의 세계에서 세 번째 남자란 아무래도 나 자신 같았다. 나는 부끄러워져서 두 사람에게 들키지 않도록 살금살금 칸에서 칸을 더듬어 도망을 쳤는데 어느새 내 방 내 책상에 놓인 원고지의 칸으로 목을 쑥 내밀었다. 나는 거기에서 이영차 하며 밖으로 빠져나왔다. 그러자 내 그림자만 몸에서 주르륵 벗겨져 종이 위에 남았다. 내가 끌고 다니던 그림자 중에서도 가장 시커멓고 어둡기 짝이 없는 녀석이었다.

그리하여 나는 모든 것을 확실히 이해했다. 이 녀석이다. 이 그림자가 바로 연기병의 바이러스였다. 나 자신 중에서도 가장 깊숙한 잠재의식의 밑바닥에 투영된 녀석이므로 의식적으로 아무리 상상하고 의미를 붙이려고 해도 불가능한 건 당연하다. 내 의식이 이 녀석을 지나치게 억압하여 밖으로 나오지 못하게 했기 때문에 결국 반란을 일으켜 제멋대로 행동한 것이다. 심리학자가 말한 강박관념이나 히스테리가 틀림없이 이 녀석이다. 첫째, 그림자이므로 깊이나 안쪽까지의 길이, 무게나 의미 따위 있을 리가 없다. 심층심리인 이드*에서 나온 괴물이다. 이런 녀석이 내게서 벗어나 멋대로 나돌아 다녔다면 그 녀석이 파고들었던 세계는 황당무계한 허풍이 될 게 뻔하다. 시인 A, 만화가 S, 싱어송라이터 T의 세계도 모두 그 가장 깊숙한 곳에서 좁은 터널과 같은 것으로 내 세계와 연결되어 있었던 까닭에 이 녀석은 그 터널을 통해 모든 곳에 출몰하고, 그들의 작품에서 현실감을, 깊이를, 안쪽까지의 길이를, 무게를 그리고 모든 의미를 앗아가며 복수를 한 것이다. 모두 이 녀석 때문이다.

어떻게 하면 좋을까?

나는 갑자기 돌변하여 깔깔 웃었다.

아무렴 어떠랴. 종이 위의 세계란 모두 허풍이지 않은가. 어째서 그것이 현실 그대로의 심오함과 내면의 깊이, 무게나 의미를 가져야만 하는가.

나는 무심결에 가벼워진 마음으로 다시 종이 위에 예의 시를 이어서 쓰기 시작했다. 그림자 따위가 맘대로 이류 시인이나 만화가, 싱어송라이터의 책상에서 종이 위를 걸어 다닌다고 뭐가 어쩌겠어.

종이 위의 남자 셋
첫 번째 남자는 팔랑팔랑
두 번째 남자는 푹신푹신
세 번째 남자는 모른다……

〈저자 주〉
* 이 작품은 픽션(허풍)입니다. 그 외의 작품을 포함하여 내 시에 등장하는 인물은 현실의 시인, 만화가, 싱어송라이터와 아무런 관계가 없습니다.
* 작품 중에 등장하는 '세 번째 남자는 모른다'라는 시의 원형은 제가 어느 극단에 드나들던 시절 그 극단이 연출한 극의 주제가입니다. 단 '세 번째 남자는 모른다'라는 한 행만을 제외하고는 전부 제가 창작했습니다. 작가의 이름은 사쿠마 노부타카였다고 기억합니다.

〈옮긴이 주〉
* 이드(Id): 자아의 기초를 이루는 본능적 충동의 원천.

붉은 눈

황야로 붉은 눈을 찾으러 나섰다. 언제부터인가 나는
생계를 위해 붉은 눈을 죽여서 그 시체를 내다 팔았다.
예전에는 이런 변두리가 아니더라도 붉은 눈은 거리마다
마을마다 넘쳐났다. 그렇지만 붉은 눈을 발견하고 잡는
일은 매우 간단했으므로 내 친구들은 하루가 멀다고 붉
은 눈들을 죽였고 이윽고 붉은 눈은 절멸하고 말았다.

붉은 눈이 있었다. 나이를 먹었고 눈이 아주 큰 소름
끼칠 만큼 훌륭한 녀석이었다. 눈물이 가득 고인 커다란
붉은 눈을, 붉은 눈만이 볼 수 있는 물건을 향해서 지그
시 눈을 부릅뜨고 있어서 금방 눈에 띈다. 붉은 눈은 언
제나 외톨이다. 사람들은 붉은 눈을 바보천치로 여긴다.
실제로 내가 옆에 다가가서 붉은 눈의 목에 밧줄을 감을
때조차 붉은 눈은 공포 따위는 모른다는 듯이 결단코 저
항하려 하지 않는다. 아마도 일몰의 색을 띤 붉은 눈의
눈에는 살인자인 내 그림자조차 비치지 않았으리라.

그렇지만 어떤 상황에서도 붉은 눈의 얼굴을 정면에서
들여다보려 해서는 안 된다. 왜냐하면 붉은 눈의 눈이

너무도 아름답고 깊어서다. 보는 것만으로도 마음이 정화되어 빨려 들어간다. 그러다가 내 가슴 속에 노래하듯 감미로운 붉은 눈의 목소리가 들려온다.

"당신은 예전에 아름다운 눈을 갖고 있었어요. 보는 것만으로도 마음이 정화되는 듯했죠. 그런데 당신은 언제나 외톨이였어요. 당신의 주변에는 언제나 시커먼 그림자가 있었어요. 햇빛 속에서는 그토록 많은 아이들이 놀고 있었지만요. 당신은 눈물이 가득 고인 커다란 붉은 눈을 지그시 부릅뜨고 있었지만 당신은 밝은 햇빛이나 많은 아이들이 눈에 들어오지 않았어요. 기억하나요? 그때 당신은 무엇을 그렇게 가만히 바라보고 있었나요?"

위험해요 위험해. 나는 무심코 붉은 눈의 얼굴을 정면에서 들여다보았다. 당장에라도 나까지 붉은 눈에게 마음을 빼앗길 뻔했다.

붉은 눈을 잡으려면 먼저 두꺼운 안대로 일몰의 색을 띤 그 커다란 눈을 덮어야 한다. 그 아름다운 눈과 눈을 마주치면 모든 게 끝이다. 노래하듯 감미로운 목소리로 붉은 눈이 전해주는 이야기가 들려오면 그때는 절대로 도망가지 못한다. 그 끝없는 이야기의 미로 속에서 길을 잃는다면 이미 출구 따위는 없다. 이야기에서 빠져나올 출구를 찾지 못한 자는 영원히 이야기 속에 갇혀 자신이 붉은 눈으로 변하고 만다. 그러니 붉은 눈을 발견했다면 곧바로 죽여야 한다.

그렇지만 붉은 눈은 대단히 아름다운 눈을 갖고 있다. 보는 것만으로도 마음이 깨끗이 정화되는 듯하다.

"현재 붉은 눈은 지구상에서 대부분 사라졌어요. 아마도 나는 이 세상에 남겨져 마지막 이야기를 전하는 유일한 사람일 것입니다. 그리고 나이 든 나에게 당신은 내 이야기를 듣는 마지막 사람이 틀림없습니다. 내 이야기. 아니요, 당신의 이야기이기도 해요. 알고 보면 이야기 속에서는 누구든지 붉은 눈이니까요."

길고 긴 시간이 지나고 길고 긴 붉은 눈의 이야기는 끝났다. 문득 정신을 차리고 보니 내 옆에 나이 든 붉은 눈이 죽어 있었다. 이제는 정말로 아무것도 보지 못하는 커다란 붉은 눈을 변함없이 지그시 부릅뜬 채로.

나는 외톨이가 되었다. 황야에는 그토록 밝은 햇살이 충만하지만 내 주변에는 시커먼 그림자가 드리워져 있었다. 그러자 내 커다란 눈은 순식간에 눈물이 가득 고였고, 죽은 붉은 눈도 햇살 가득한 황야도 이내 보이지 않게 되었다.

지금 나는 붉은 눈만이 볼 수 있는 것을 똑똑히 보고 있다. 그것은 거의 죽음의 공포를 능가하는 전율이었다. 그리고 내가 본 바를 그대로 이야기하는 일만이 생명이 있는 한 계속될 새로운 일이라는 사실을 나는 뼈저리게 깨달았다. 그렇다. 내가 할 일은 붉은 눈만이 볼 수 있는 것—다른 이는 결코 보지 못하는 것—의 이야기를 영원히 계속되는 형벌처럼 전하는 일이었다. 붉은 눈의 이야기. 그러니까 나 자신에 관한 길고 긴 그칠 줄 모르는 이야기를.

야마노테 선* 이야기

야마노테 선에 쌍둥이 형제가 살고 있었습니다. 형은 메구로*, 동생은 메지로*에서 자랐습니다. 둘은 같은 날 같은 시각에 형은 순환외선, 동생은 순환내선을 타고 서로를 찾으러 출발했습니다. 과연 둘은 만났을까요?

*

내가 전철을 탄 이유는 동생을 만나고 싶어서였다. 나와 똑 닮은, 아니 또 다른 나라고 불러도 좋을 나를 찾아서.

그날 이후 우리는 야마노테 선에서 내리지 못했다. 전철 안에서 우리는 어른이 되었고, 몇 번쯤 사랑하고, 실연하고, 나이를 먹었다. 아직 한 번도 만난 적 없는 또 하나의 나와 마주치기 위해서 끝없이 여행하는 것이 우리의 인생이었다. 우리의 인생, 그러니까 우리의 여행은 마치 거울 속의 거울처럼 하나부터 열까지 완전히 똑같지만 결코 하나로 겹쳐지지는 않는다.

그런데 우리에게도 딱 하나 다른 점이 있다. 그것은 내가 전철 안에서 작가가 되고, 동생은 내가 쓴 글을 읽는 단 한 명의 독자가 되었다는 사실이다. 나는 의자 위에서 종일 글을 쓰고 동생은 가죽 손잡이를 잡고 그 이야기를 종일 탐독한다. 그렇게 우리는 하루에도 몇 번씩 스쳐 지나갔지만 결코 만나지는 않았다.

그것은 영원히 끝나지 않는 여행이다. 그리고 내가 쓰는 건 끝나지 않는 이야기였다. 이야기의 제목은 '야마노테 선 이야기'. 시작도 끝도 없이 같은 장소를 뱅글뱅글 돌기만 하는 '이중 고리 같은 이야기'.

어쩌면 동생은 내가 쓰는 이야기 안에만 존재하는 것은 아닐까? 내선 순환하는 야마노테 선 전철이 곧 거울에 비친 외선순환 전철이 아닐까? 메지로 역은 거울에 비친 메구로 역이고, 거기에서 야마노테 선 내선순환 전철을 타고 오직 내가 쓴 이야기를 읽는 데만 집중하는 동생이 거울에 비친 나 자신이 아닐까? 문득 그런 생각이 들 때가 있다. 나는 이야기를 쓰는 게 아니라 그저 거울만 멍하니 바라볼 뿐이지 않을까.

나는 매일 이야기에 새로운 일화를 추가했다. 외선 순환하는 전철 안에서 조금씩 이야기가 길어질수록 내선 순환 전철 안에서 동생이 읽는 이야기도 조금씩 길어졌다. 그 이야기는 벌써 전철 밖으로 비어져 나갈 정도로 길어져 야마노테 선의 선로와 길이가 비슷해졌다. 이제 전철이 선로 위를 달리는지 아니면 이야기 속을 달리는지조차 알기 힘들었다.

이야기는 마침내 야마노테 선 선로를 두 번 돌 수 있을 정도로 길어졌다. 이야기는 "이야기의 안인지 밖인지도 확실하지 않은 옛날 옛적"이라는 곳에서 이어져 원래 자리로 돌아갔다. 마치 거대한 엔드리스 테이프 같았다.

이야기 안에서 나는 아직 한 번도 만난 적 없는 동생을 만나기 위해 야마노테 선 전철을 탄다. 동생도 나를 만나기 위해 야마노테 선 전철을 탄다. 그렇지만 나는 외선, 동생은 내선을 순환하는 전철을 타기 때문에 우리는 영원히, 그리고 절대로 마주치지 못한다.

따라서 이야기도 영원히 끝나지 않는다. 아니다. 어쩌면 시작조차 하지 않았는지도 모른다.

*

그날도 나는 야마노테 선 전철을 타고 있었다. 나는 처음도 끝도 없는 이야기에 새로운 일화를 추가하는 일에 지쳐서 불현듯 고개를 들어 창밖을 내다보았다.

뭔가 이상했다.

이윽고 그 이유를 알았다. 내가 탄 노선은 외선순환 전철이었는데 어느새 내선순환 선로를 달리고 있었다.

분명 동생이 무심결에 잘라버린 이야기의 띠를 실수로 겉과 안을 거꾸로 연결해버린 것이다. 흡사 뫼비우스의 띠처럼.

그 결과 우리의 이야기는 '안팎의 구분이 없는 이중 고리 같은 이야기'가 되어버렸다.

*

그 이후로도 우리는 여전히 야마노테 선 전철에 오른다. 메지로에 사는 나는 형을 만나려고. 메구로에 사는 형은 나를 만나려고.

외선순환 전철 안에서 형은 서로를 만나기 위해 끝나지 않는 여행을 계속하는 쌍둥이 형제의 이야기를 써내려 갔고, 내선순환 전철 안에서 나는 날마다 그 이야기를 읽는다.

우리는 아직 한 번도 마주친 적이 없다.

어쩌면 형은 내가 읽는 이야기 안에만 존재하는 것이 아닐까? 외선 순환하는 야마노테 선 전철이 곧 거울에 비친 내선순환 전철이 아닐까? 메구로 역은 거울에 비친 메지로 역이고, 거기에서 야마노테 선 외선순환 전철을 타고 오직 내가 읽는 이야기를 쓰는 데만 집중하는 형이 거울에 비친 내 자신이 아닐까? 문득 그런 생각이 들 때가 있다.

나는 이야기를 읽는 게 아니라 그저 거울만 멍하니 바라보고 있지 않을까.

*

오늘도 야마노테 선 전철은 시작도 끝도 없는 이야기 속을 (혹은 밖을) 계속해서 달리고 그 속에서 나와 형은 같은 곳을 뱅글뱅글 맴도는 이야기를 계속해서 읽는다 (혹은 쓴다). 그리고 그 안에서 (혹은 밖에서) 우리는 오늘도 —아마도 영원히— 언제나 엇갈린다.

"이야기 안인지 밖인지도 확실하지 않은 옛날 옛적, 야마노테 선에 쌍둥이 형제가 살고 있었습니다."

〈옮긴이 주〉
* 야마노테(山手) 선: 일본의 수도인 도쿄의 23구 중심부를 순환 운행하는 철도 노선. 여러 역이 도심부를 달리는 지하철 각선 또는 고속철도나 기차와 연결되어 있다.
* 메구로(目黑), 메지로(目白): 야마노테 선에 속한 각각의 역명.

종점

지금부터 내가 다섯 살 때 꾼 꿈의 자초지종에 대해 쓰겠다. 35년 전 나는 꿈속에서도 다섯 살배기의 아이였다.

*

"이거 가지고 끝까지 전철을 타고 있어라." 그렇게 말하고 어머니는 내게 잔돈이 든 묵직한 지갑을 쥐여 주었다. "엄마, 나는 신경 안 써도 괜찮아!" 그때 내가 어떤 다른 대답을 할 수 있었을까. 그렇게 어머니는 다섯 살인 나를 버리고 떠나버렸다. 어머니가 지금쯤 식당에서 누나에게 밥을 먹이고 있을 역은, 이제 내가 두 번 다시 돌아가지 못하는 머나먼 선로 저편으로 멀어졌다.

시영市營 전철 안에서는 딱 한 번 검표를 하였다. "애야, 어디까지 가니?" 차장 아저씨가 하늘색 차표에 철컥 하고 구멍을 뚫어주면서 물었다. "종점까지요." 그러자 아저씨의 얼굴이 별안간 아버지로 탈바꿈하였다. "그렇구나." 하고 잠시 물끄러미 내 얼굴을 바라보았지만 나는 그 사람을 절대로 "아버지"라고 부르고 싶지 않았기에 고개를 숙이고 자는 척했다.

그 뒤 자고 있는 사이, 내가 탄 전철 밖에서 몇 개의 역이 지나갔을까. 전차가 멈출 때마다 수많은 아버지와 어머니가 나를 부르는 듯했다. 하지만 나는 아버지나 어머니를 원하지 않았으므로 모르는 척 잠자코 있었다. 내가 원하는 건 그게 아니었다. 내가 원하는 건 도대체 무엇이었을까.

"다음은 나카무라 공원*, 나카무라 공원." 안내방송 소리에 나는 퍼뜩 눈을 떴다. "자, 네가 내리려던 종점이다. 잘 보거라." 전차 안은 이미 몇백 명이나 되는 아버지로 가득해서 움직이지 못할 정도였다. 아버지들의 시끄럽게 떠드는 소리가 내 주위에서 천둥소리처럼 울려 퍼지자 내 심장은 고장 난 괘종시계 추처럼 멈춰버렸다. 그리고 그 순간 아버지들도 일제히 타다닥 튀어 오르듯이 사라졌다.

나카무라 공원 근처의 커다란 붉은 도리이*가 눈앞에

다가오고 시영 전철은 바퀴란 바퀴에서 일제히 시퍼런 불꽃과 증기를 뿜어 올리며 급브레이크를 걸었다. 기둥문을 빠져나간 순간 시영 전철은 이미 시영 전철이 아니었다. 전철은 이마에 주름이 잡힌 추하게 늙은 내 얼굴로 변하여 커다란 두 눈을 부릅떴다. 그때 내가 무얼 봤는지 알아?

*

미안하지만 난 이제 쓸 말이 없어. 내가 다섯 살 때 그 꿈을 꾸고 나서 그 이후 '아무 일도 일어나지 않았기' 때문이야.

〈옮긴이 주〉
* 나카무라(中村) 공원: 일본 아이치(愛知) 현 나고야(名古屋) 시 나카무라 구에 있는 공원.
* 도리이(鳥居): 신사(神社) 입구에 세운 기둥문.

고독

창도 문도 없는
커다랗고 검은 집.
무수히 많은 흰개미가
소리 없이 갉아먹고 있다.
몇십 년, 몇백 년이 지나도록.
집이 사라지면
개미는 옆집으로 이동한다.
그곳에는 더욱 시커먼
창도 문도 없는 거대한 집.
더욱 가득한 흰개미.
....
그런 마을에 계속 살았어.
몇천 년, 몇만 년이 지나도록.
너와 만날 때까지.

×

살아 있는 ×를 처음으로 발견한
나는 뛸 듯이 기뻐서 곧바로
×를 칼로 찔러보았다
×의 상처에서 작고 붉은 혀가 나왔다
그곳에서 이야기가 철철 흘러넘쳤다
재밌어, 재밌어
×의 상처를 둥글게 둥글게
더 크게 후벼 파자
이야기는 점점 더
재미있어졌다
나는 웃고 또 웃으며
눈물을 있는 대로 쏟아내다가
웃음을 그쳤을 때
×에서 나온 혀는 바짝 말라
이미 죽어 있었다

공터

너는 공터가 좋은 모양이다. 그러나 요즘 들어 이 근처도 용도를 알 수 없는 거대한 건물들이 빽빽이 들어차서 제대로 된 공터를 발견하기는 쉽지 않다. 설사 운 좋게 남겨진 한 곳을 발견한다 치더라도 거기에는 온통 키 큰 담장이 몇 겹씩 둘러쳐져 있어 입구를 찾아내기란 거의 기적에 가깝다. 또다시 운 좋게 너의 집요한 노력으로 숨겨진 입구를 발견하더라도 그 녹슨 문은 아무리 힘을 줘도 열리지 않을 것이다. 그보다도 만일 어떤 정황에서인지 그 문이 잠겨 있지 않았다면 너는 그 사실을 알아챈 즉시 그곳에서 나오는 게 좋을 거야. 왜냐고 묻는다면 그곳은 진정한 공터이니까. 실제로 아무것도 없는 장소를 앞에 두고 너는 대체 무엇을 할 수 있을까. 한 발 들여놓는 순간을 마지막으로 너 또한 공터의 아무것도 아닌 일부분이 되어버릴 테니까.

두 겹짜리 집

언덕 위에는 언제나 두 겹짜리 집이 있다. 똑같은 재료로 만든 벽과 창문, 그리고 출입문. 그렇지만 등을 지고 선 그 집의 한쪽은 햇빛에 하얗게 빛나고 다른 한쪽은 검게 그림자를 드리웠다. 하얀 집은 언덕의 이쪽을 바라보고 섰지만 검은 집은 언덕의 저쪽을 향해 쓸쓸하게 지어져 있다.

때때로 한 소년이 언덕을 내려오는 모습이 보인다. 그때 언덕 저쪽 편에도 그 소년과 판박이처럼 빼닮은 소년이 그림자처럼 내려간다. 둘로 나뉜 채 이제 영원히 만나지 못하는 두 소년의 등에는 떨어져 나간 상대방의 부재가 치유할 수 없는 상처가 되어 숨어 있다.

*

내가 어른이 된 곳은 둘로 나뉜 반쪽짜리 거리. 반쪽짜리 거리는 둘로 나뉜 세상의 반쪽짜리 나라 안에 있고, 그곳에서 반쪽짜리 철도가 반쪽짜리 땅을 이어준다.

아무도 그것을 반쪽이라고 생각하지 않지만.

아무도 그것을 더는 반쪽이라고 생각하지 않지만.

저능아

그 아이는 교실에 있어도 아무 말을 못해서 노는 무리에도 낄 수가 없었다. 우리는 그 아이를 놀려댔다. 저능아라고. 저능아. 저능아. 너에게 딱 맞는 역할이 있어. 그날 우리는 대뜸 히죽대며 저능아를 안아 올려 강당의 무대 위로 데리고 갔다. 학예회에서 저능아에게 히나마쓰리*의 천황과 황후 인형 역할을 맡길 참이었다. 무대 가장 구석의 새빨간 단상 위에 놓을 참이었다. 저능아. 저능아. 너는 좋겠다. 너는 그 위에서 거만하게 입을 다물고 앉아 있기만 하면 그만이다. 우리처럼 똑똑한 아이들이 연극을 하는 동안 아무 말도 하지 않고 아무것도 하지 않아도 되는 거야. 와하하. 와하하. 인형 같다. 좋겠다. 저능아. 그러면서 선생님이 오실 때까지 모두 연습도 안 하고 저능아에게 돌을 던졌다. 재밌으니까. 저능아는 피하지 않았다. 저능아는 화도 내지 않았다. 처음에는 작은 돌멩이. 점점 큰 돌멩이. 저능아는 그래도 입을 다물고 가만히 앉아 있었다. 시키는 대로 모두의 뒤에. 마분지로 만든 인형 옷을 입고. 맞았다. 작은 돌멩이. 그리고 점점 큰 돌. 저능아의 어딘가에서 무언가가 소리를 냈다. 무언가가 망가졌다. 앗. 저능아의 입에서 빨간 피의 실이 흘렀다. 앗. 이번에는 엉덩이 쪽으로.

앗. 앗. 큰일이다, 선생님이 오신다. 시커먼 옷을 입은 선생님. 성큼성큼 이쪽으로 걸어오신다. 저능아. 저능아. 피를 흘린다. 어떡하지. 그런데 선생님은 웃으셨다. 와하하. 와하하. 너희들. 뭘 그렇게 놀라니. 뭘 그렇게 겁내니. 내가 장난을 좀 쳤지. 저능아는 내가 점토와 지푸라기로 만든 인형이야. 너희들을 겁주려고. 뭐야, 그런 거였어? 저능아는 사람이 아니었다. 와하하. 와하하. 저능아는 인형이었어. 그런데 왜 오늘도 우리 교실에는 아무 말도 안 하는 저 녀석이 있을까. 그림자처럼 왜 저 녀석이 있을까. 저기 봐. 선생님 뒤에서 피를 흘리고 있어. 모두 저 녀석이 안 보이는 걸까? 선생님. 선생님 뒤에 녀석이 있어요. 내 눈에만 보이는 걸까? 저능아. 선생님. 나만. 어째서.

〈옮긴이 주〉
* 히나마쓰리(雛祭): 일본에서 여자 어린이의 무병장수와 행복을 빌기 위한 전통 축제로 매년 3월 3일 치러진다. 어린 딸을 둔 가정에서는 붉은 천이 덮인 단을 여러 개 만들어 그 위에 천황과 황후 인형, 과자, 떡, 꽃 등을 놓는다.

사카사마*

전학 온 학생의 이름은 사카版였다. 그래서 그 녀석의 별명은 금방 정해졌다. 사카逆사마. 사카사마. 그 녀석은 사카사마다.

사카사마를 떠올리면 괴롭다. 한 가지 말할 수 있는 것은 그 녀석과 만나고 얼마 지나지 않아 우리가 사랑에 빠졌다는 사실이다. 마치 트럼프에서 조커 카드 위아래에 있는 둘처럼 우리는 판박이였으니까. 아마 나를 거꾸로 하면 그건 내가 아니라 그 녀석이라 해도 좋을 정도였다.

그렇지만 이는 우리가 결정적으로 다르다는 의미이기도 했다. 나와 그 녀석은 여러 가지 의미에서 완벽하게 반대였기 때문이다. 사카사마와는 모든 것이 반대지만 똑같고, 똑같지만 모든 것이 다르다는 뜻이기도 했다.

사카사마는 말이 없었지만 위기의 순간에는 항상 남자답고 용감했다. 반면 나는 한없이 수다스러우면서도 하늘이 내린 겁쟁이였다.

그 때문인지 모르지만 사카사마는 우리가 반대라는 점에 긍지를 가졌다. 나는 필사적으로 그것을 감추려고 했지만.

맞다. 그래서 나는 사카사마를 사랑한다는 사실만은 아무에게도 들키지 않으려고 항상 조심했다. 둘이 같이 아침 수업에 지각할 때면 나는 그때마다 아프다는 이유로 일부러 한 시간 넘게 늦게 갔다. 선생님은 심하게 꾸짖었지만 진실이 드러나는 것보다는 훨씬 낫다고 생각했다.

그런데 선생님에게 질문을 받아 대답할 때 말고는 학교에서 거의 말을 하지 않는 사카사마지만, 아이들이 지각한 이유를 물어보면 마치 애완견 자랑이라도 하듯이 공공연하게 말해버렸다. 물론 내 이름은 빼고 말해주었지만.

전 총리 K의 모교로 알려진 N시의 명문 남학교 T학교

에 재학하는 내 동급생들에게 그 말이 어떤 효과를 가져
왔겠는가?

그들은 한 명도 빠짐없이 순간 입을 떡 벌리고 사카사
마를 쳐다봤다. 마음속으로 분명 이렇게 생각했겠지. 이
녀석 봐라. 진실을 말하다니. (K가 만약 그렇게 했다면
어찌 총리가 되었겠는가). 얼마 후 정신이 들자 이번에
는 일제히 사카사마를 놀려댔다. 사카사마. 사카사마.
너는 사카사마야. (그러면서도 사카사마의 눈을 쳐다보
지 않고 곁눈질로 몰래 서로를 관찰하면서.)

사카사마는 눈도 깜빡하지 않았다. 놀려대는 무리 속
에 내가 섞여 있다는 걸 알고 있었음에도 불구하고. (나
또한 K처럼은 아니어도 언젠가는 일류 유명 작가가 되
고 싶다는 야심 정도는 당시부터 있었다).

사카사마는 어떻게 그럴 수 있었을까? 답은 나와 있
다. 그는 사카사마니까. 맞다. 그는 진정한 사카사마였
다.

그날 늦은 오후 나와 사카사마는 모든 것을 태워버리는 큰불이 지나간 후처럼 공허한 거리의 뒤편에 있는 숲속에 누워 있었다(늘 그랬듯이 내가 위, 사카사마가 아래였다). 우리는 말없이 맞물려 서로의 몸에서 뜨거운 것을 강하고 격렬하게 발산했다. (내가 위에서. 사카사마가 아래에서).

그동안 거리에서는 여느 때처럼 돼지가 푸줏간을 고기 가는 기계에 넣고, 면도기가 이발관을 칼갈이 가죽에 갈고, 쥐가 고양이를 쫓아다녔다. 사람들은 입에서 냄새나는 오물을 꺼내 원통형으로 만 종이를 찢어서 그것을 닦고 있었다. (노란 자국과 지독한 냄새가 전부 사라질 때까지. 그리고 더러워진 종이는 물에 흘려보내 녹여버린다. 마치 처음부터 오물이 존재하지 않았던 것처럼). 사카사마. 사카사마. (모든 것이 너무나 명확하게 보이는 순간은 얼마나 무서운가).

"무서워, 무섭다고. 사카사마." 나는 지옥으로 일직선으로 미끄러져 떨어지는 듯한 황홀경 속에서 무의식적으로 사카사마를 부르고 또 불렀다. 그렇지만 어째서인지 정신을 차렸을 때는 지금까지 함께 있던 사카사마가 온데간데없었다. (어쩌면 물에 녹아 떠내려갔는지도 모른다. 아니면 처음부터 사카사마는 어디에도 없었던 것일까.)

사카사마가 도대체 어디로 갔느냐고?

아니. 사카사마는 아무 데도 가지 않았어. 그래. 이제 진실을 이야기해야겠군.

지금까지 쓴 글은 전부 거짓말이야. 허구(아니 조금은 진실이 섞여 있어. 가령 내가 양성애자라는 사실이라든가).

내 이름은 사카版다. 미혼. 취미는 물구나무서기. 운동신경 양호. 직업은 작가. 그래서 별명이 어린 시절과는 조금 바뀌었어. 작가님. 삿카사마*.

114

때때로 백텀블링에 실패해서 머리부터 거꾸로 바닥에 떨어지기도 했다. 그래도 아직까지 목뼈가 부러진 적은 없어. 유감스럽게도 철심을 박은 작가님이라서.

그리고 지금도 조울증은 낫질 않아. 우울할 때 나는 때때로 사카사마로 돌아가지.

트럼프 카드를 뒤집듯이, 혹은 백텀블링을 넘듯이, 정말로, 정말로 아주 간단한 일이야.

〈옮긴이 주〉

* 사카사마: 일본어에서 비탈을 뜻하는 '판(坂)'과 반대를 뜻하는 '역(逆)'은 모두 '사카'라고 읽는다. 또한 존경이나 공손함의 표현으로 사람에게 붙이는 '사마(様, 님)'는 모양이나 상태를 나타내는 말로도 쓰여 '사카사마(逆様)'는 '거꾸로 된 상태'를 나타낸다. 이는 인명으로 쓰인 사카(坂)에 붙어 '사카 님'을 뜻하는 말과 동음이의어이다.
* 삿카사마: 작가(作家)라는 단어의 일본어 발음은 '삿카'이다. 여기에 '사마(様, 님)'를 붙인 '삿카사마'는 '작가님'을 뜻한다.

와카메*의 오빠(나흘 밤의 꿈)

첫째 날 밤

여동생 와카메가 혼자서 옆 동네 축제에 갔다. 와카메를 찾아 내린 역에서 기둥문 근처까지 빼곡히 야시장 인파가 줄지어 있었고 모두가 금과 은으로 만든 와카메의 얼굴 가면을 쓰고 있다. 구름 떼처럼 몰려드는 사람들 속에서 나 혼자만 가면을 쓰지 않은 얼굴이다.

둘째 날 밤

와카메와 손을 잡고 사이좋게 엘리베이터를 탔다. 엘리베이터 안에 또 하나의 엘리베이터 문이 있다. 문을 열자 거기는 잿빛 뭉게구름으로 가득하다. 와카메의 손을 세게 잡아당겨 도망치듯이 내렸는데, 백 명, 아니, 천 명의 와카메가 손을 잡고 함께 줄줄이 내렸다.

셋째 날 밤

꽉 막힌 사거리 한가운데에 높은 기둥들이 수직으로 여기저기 서 있다. 올려다보니 구름에 닿을 만큼 높은 의자와 테이블 다리들이다. 이렇게 눈앞이 아찔한 공중에 우리 집이 있었다니. 의자 하나에서 와카메가 당장에

116

라도 추락할 것처럼 몸을 쑥 내밀고 팔이 떨어져 나갈 정도로 손을 흔들고 있다.

넷째 날 밤
갑작스러운 정전. 빌딩의 불빛도 가로등도 보름달도 한꺼번에 사라진다. 초고층 빌딩의 계단은 내가 서있는 칸부터 앞쪽이 사라지고, 잡고 있던 와카메의 팔은 팔꿈치부터 사라지고, 나는 오른쪽 다리의 반쪽이 사라진다. 다리 반쪽이 회색 이불 밖으로 삐져나온 모습을 이쪽 세상의 내가 공포에 사로잡힌 채 부들부들 떨면서 바라보고 있다.

〈옮긴이 주〉
* 와카메: 일본인의 이름.

고마에*

시인이라면 방관자여도 좋다. 그 대신 항상 눈을 뜨고 있어야 한다.

슈쿠가와라*의 댐에는 네 어머니의 석상이 백 개고 천 개고 즐비한데 자신의 손발을 잡아당겨 갈가리 찢으며 진종일 입을 놀린다. 너에게 잔소리를 하는 걸까 아니면 너를 머리부터 물어뜯으려는 걸까. 그 모습이 보기 싫어도 꾹 참고 바라보아라.

비 내리는 아침은 고마에 고분군群을 산책해도 좋다. 등나무 고분, 거북이 고분, 투구 고분. 어쩐 일인지 죽은 물고기의 배처럼 땅이 말랑말랑해서 다마가와 강*에 가까워질수록 걷기가 힘들다. 어이쿠, 안내표지판을 믿으면 안 되지. 현재 위치라고 표시된 지점은 언제나 '어디에도 존재하지 않는 장소'니까.

노가와 강*으로 가는 길에 네노곤겐*에서 너는 결국 토했다. 네 속에서 나온 것을 보아라. 네가 이제 두 번 다시 주워담을 수 없다고 여긴 '잃어버린 너'가 아니더

냐. 이런, 너의 모습이 안 보인다. 이상하군. 이번에는
네가 '잃어버린 너'가 되어버렸다.

　조심해라. 이와토가와 강* 쪽부터 세상은 괴멸해간다.
보아라, 너는 저 까마귀가 어디로 갔다고 생각하는가.
저 까마귀는 너의 이름을 불렀다. 너의 실제 이름을. 조
금 전이었는데 다시 시야에서 사라졌다.

　자, 조금 더 눈을 크게 떠라. 커다란 오류가 너와 나를
별개의 장소로 격리하고 있으니. 이 대교를 건너면 너도
나처럼 영원히 눈을 뜨고 바라볼 수 있는데. 방관자인
채로 있을 수 있는데.

　내가 보기에 너는 아직 절망을 충분히 겪지 못했다.
맥주는 잔의 반 이상 마시지 마라. 그것이 일생에 걸쳐
시인이 받는 유일한 보수라 할지라도.

〈저자 주〉

* 고마에(狛江): 내가 결혼 후에 20년 넘게 살던 동네 이름이다. 본문에 등
  장하는 고유명사는 모두 고마에의 지명 또는 유적지 명칭에서 유래한다.
  나는 결혼 전에 시인 아유카와 노부오(鮎川信夫)의 집을 자주 방문하였
  다. 본문의 대화는 전부 허구이지만 그 당시 기억의 편린들이 섞여 있다.
  다만 따옴표 속의 말은 그 기억과 아무런 관계가 없으며 인용도 아니다.

〈옮긴이 주〉

* 고마에: 일본 도쿄도(東京都)에 있는 도시.
* 슈쿠가와라(宿河原): 일본 가나가와(神奈川) 현 가와사키(川崎) 시 다마(
  多摩) 구에 있는 동네 이름.
* 다마가와(多摩川) 강: 일본 야마나시(山梨) 현, 도쿄도, 가나가와(神奈川)
  현을 흐르는 다마가와 수계(水系)의 본류로 일급하천.
* 노가와(野川) 강: 일본 도쿄도를 흐르는 다마가와 수계 다마가와 지류의
  일급하천.
* 네노곤겐(子ノ権現): 고마에 시(狛江市) 니시노가와(西野川)에 위치한 네
  노 신사(子之神社)를 말한다. 이 신사를 네노곤겐 신사라고도 칭한다.
* 이와토가와(岩戸川): 일본 오이타(大分) 현 다케다(竹田) 시 오노가와(大
  野川) 수계의 하천.

아아아아아아아아아……

수천 수만 년 동안이나 폐허였던 건물의 인기척 없는 내부를 미로처럼 더듬어간다. 계단은 여느 때처럼 허공에서 사라져버리고 오른쪽으로 왼쪽으로 구불구불 꺾어진 긴 복도는 결코 어디에도 다다르지 않는다. 문을 열어도 거기에 방은 없고 방에서 나오려 하면 문이 없고…….

너의 집에 가려 하면 언제나 어느 전차나 버스를 타야 하는지 잊어버린다. 얼떨결에 탄 버스는 모르는 길의 낯선 정류장 종점에 내려준다. 전화를 하려 하면 몇 번이나 잘못 걸린다. 전화번호를 적은 수첩을 꺼내려 하면 윗옷의 주머니는 만 개가 된다. 어느 주머니에서도 본 적 없는 둥글거나 세모난 모양의 수첩이 나온다. 그 무엇도 내 것은 아니다. 시간은 점점 흘러만 가는데…….

하늘이 새카매질 정도로 수만의 날개, 수억의 깃털을 가진 새가 시끄럽게 소리 내어 울며 무리 지어 날아간다. 홀연 새들이 공중에서 충돌하기 시작하더니 수많은 깃털을 떨어뜨리며 차례차례 죽어간다. 하지만 그들은 새이므로 죽었는데도 하늘에서 떨어지지 않는다. 문득 깨달고 보니 하늘은 어느새 죽은 새들로 가득하다. 백골이 된 새들의 시체로 하늘이 차츰 새하얗게 변해가고…….

지면이 보이지 않을 정도로 수많은 마라톤 주자가 경기장을 출발한다. 아무리 달려도 반환점도 결승점도 보이지 않는다. 선도하는 흰 오토바이의 경관은 어느새 백골이 되고 허리춤의 도깨비불은 헤드라이트로 바뀐다. 그런데도 뒤에서 뒤에서 마라톤 주자들은 밀려온다. 우르르 넘어져 서로를 뭉개며 산처럼 쌓인 마라톤 주자들. 모두 눈이 사라지거나 머리가 떨어지거나. 허리 아래가 없어졌는데도 여전히 달리듯이 팔다리를 움직이고 있고…….

갑자기 숨이 멎을 듯 격하게 자명종 시계가 울리고 현관의 벨이 몇 번이나 울리고 비상벨과 사이렌이 일제히 울린다. 그때마다 몇만 번, 몇억 번 눈을 떴는데도 나는 아직 잠든 그대로다. 그렇다. 그도 그럴 것이 잠들어 있는 내가 눈앞에 보이니까. 돌이켜보면 악몽에 시달리며 찔찔 울고 있는 내가 보인다. 그 옆에는 가위눌려 꼼짝 못하는 나. 이를 갈고 코를 골며 때때로 호흡이 멎어버리는 나. 일어선 채로 걸으면서 침을 흘리며 자고 있는 나. 나. 나⋯⋯. 그런 나의 맞은편에 또 내가 보인다. 그 또 맞은편에 몇만 명, 몇억 명의 잠자고 있는 내가, 내가, 내가 보이고⋯⋯.

검은 옷을 입은 소녀가 나에게 편지를 쓰고 있다. 그 편지를 제복을 입은 우편배달부가 받아서 너희 집 우편함에 배달한다. 너는 우편함을 들여다보고 편지를 꺼낸다. 봉투를 열고 신중히 편지지의 구김을 펴고 읽는다. "사랑합니다. 그래서 편지를 썼습니다. 하지만 어쩐 일인지 편지가 당신에게 닿지 않습니다⋯⋯." 그것은 방금 네가 배달부에게 건네준 편지이다. 너는 의심하면서 다시 나에게 편지를 쓴다. "사랑합니다. 그래서 편지를 썼습니다⋯⋯." 편지지를 주의 깊게 접어 봉투를 봉하고 우표를 붙인다. 그런 다음 우체국에 가려고 문을 연다. 그 순간 지평선까지 줄지어 늘어서 있는 같은 얼굴을 하고 같은 제복을 입은 수만 명, 수억 명의 우편배달부가 너의 편지를 받으려고 일제히 손을 내밀고⋯⋯.

편지를 주세요. 너를 만나고 싶어. 백만 번 좋아한다고 말하고 싶어. 나는 너에게 전화를 하려고 전화 수첩을 뒤적인다. 백만 명의 이름이 있다. 어느 것이 네 이름이었더라. 전화 수첩에 처음 올라있는 사람은 일본어 모음의 첫 글자가 끝없이 이어진 이름이다. 나는 그 사람에게 우선 전화를 걸어본다. 여보세요. 그 사람이 전화를 받는다. 그 사람은 자신의 이름을 나에게 말한다. 그 사람의 이름은……

아아아아아아아아아아아아아아아아아아아아아아아
아아아아아아아아아아아아아아아아아아아아아아아
아아아아아아아아아아아아아아아아아아아아아아아
아아아아아아아아아아아아아아아아아아아아아아아
아아아아아아아아아아아아아아아아아아아아아아아
아아아아아아아아아아아아아아아아아아아아아아아
아아아아아아아아아아아아아아아아아아아아아아아
아아아아아아아아아아아아아아아아아아……………….

〈저자 주〉
* 시인 오카지마 히로코(岡島弘子)와 서로가 자주 꾸는 꿈에 대해 같이 이야기한 적이 있다. 첫 번째 연은 그때 오카지마에게 들은 그녀가 자주 꾸는 꿈에서 소재를 얻었다. 두 번째 연은 내가 자주 꾸는 꿈에서 소재를 얻었다. 그 외에는 내 창작이다.

성

세계의 끝에, 어디까지고 한없이 이어지는 긴 성이 있다. 끊어진 자리가 없는 성벽에는 문도, 창도 없어 누구도 성을 넘어 맞은편으로 빠져나가지 못한다. 나는 누구인가? 나는 어떤 사람인가? 이렇게 묻는 내 절규는 항상 세상보다도 아니다, 영원이라는 시간의 흐름보다도 길게 이어진 성벽에 부딪혀 튕겨 나오고 메아리만 헛되이 울려 퍼질 뿐이다. 성의 맞은편에 내가 구하는 답이 있을지도 모르는데.

나는 옛일을 아는 노인들에게 물었다. 성은 무엇입니까, 무엇을 위해 있습니까 라고. 첫 번째 노인의 답은 이러했다. 성 맞은편에는 이쪽과 완전히 똑같은 세계가 마치 거울에 비친 세계처럼 뭐든지 똑같은데 그 전부가 반대로 펼쳐져 있다. 그리고 거기에서 살고 있는 사람들은 이쪽 사람들과 뭐든지 똑같은데 뭐든지 반대이다. 성은 이쪽과 마주하고 있는 쪽, 다시 말해 세계와 반세계가 부주의하게 접촉해 대폭발을 일으켜 동시에 붕괴해버릴까 두려워서 아득히 먼 옛날부터 여기에 이렇게 존재하고 있다, 라고.

그런데 다른 노인의 의견은 달랐다. 아니다, 성은 어딘가 계속 멀리서 지금도 계속 만들어지고 있는 것이다. 왜냐하면 까마득히 먼 옛날 맞은편에 있는 뭐든지 같은데 뭐든지 반대인 자기 자신과 어떻게 해서든 만나고 싶은 남자가 성의 끝을 찾아 여행을 떠났다. 그는 필사적으로 달렸지만 성을 만드는 장인들(그리고 성 반대편의 또 한 조의 '뭐든지 같은데 뭐든지 반대인' 그들)은 그보다도 빠르게 달려 그를 추월해서 그의(그리고 성 반대편의 또 한 명의 '뭐든지 같은데 뭐든지 반대인' 그의) 앞으로 앞으로 성을 계속 연장하고 있다, 라고.

그런데 세 번째 노인의 말은 또 달랐다. 그 남자는 이미 여기에 돌아와 있다는 것이다. 남자는 달려도 달려도 끝없는 성에 질려 돌아온 것은 아니다. 그건 아니고 단지 일념으로 앞으로 앞으로 하고 나아가다 보니 결국 반대방향에서 여기로 되돌아온 것이다, 라고.

아니야, 그건 아니야. 그 또 한 명의 자신과 만나러 간

126

남자야말로 자신이다, 라고 네 번째 노인이 말한다. 자신은 성을 따라 끝의 끝까지 걸어서 이곳까지 고생고생해서 다다랐다. 이곳은 출발한 때와 완전히 똑같아서 똑같은 아내와 자식들이 있지만 그들은 모두 뭐든지 똑같은데 거울 속의 가족들처럼 뭐든지 반대였다. 그러므로 자신은 이곳에서 여행을 떠난 자신이 아니라, 맞은편에서 여행을 떠난 또 한 명의 자신임이 분명하다, 라고.

마지막으로 다섯 번째 노인이 나섰다. 그것들은 모두 우리들이 자기 자신을 속이기 위해 생각해낸 헛된 전설에 지나지 않는다. 성을 만든 것은 사실은 다름 아닌 우리들 자신이다. 우리들은 자기 자신(그것은 언제나 거울 속에서 '뭐든지 똑같은데 뭐든지 반대'인 모습으로 나타난다)을 만나는 것이 몹시 두려웠기에 자기 자신과 두 번 만나지 않도록 머나먼 옛날부터 지금에 이르기까지 성을 계속해서 만들어온 것이다, 라고. 그 증거로 지금도 바람이 없는 밤, 성 옆에 서서 귀를 기울이면 벽의 맞은편에서 "나는 누구인가?" 라고 묻는 자신의 목소리가 들리지 않을까. 지금도 저 가슴을 쥐어뜯는 비명 같은 목소리와 함께 주먹으로 성벽을 계속 두들겨대는 또 한 명의 당신 자신의 피에 물든 질문이 들려오는 것은 아닐까. 나는 누구인가, 나는 대체 어떤 사람인가?

뒷면 이야기

원고지에는 뒷면이라는 것이 있다. 시인 I의 원고지에도 역시 뒷면이 있었다. 그리고 그 원고지의 뒷면에 '뒷면 이야기'가 쓰여 있었다.

'뒷면 이야기'를 내가 전부 읽는 것은 아니다. 그의 원고 모든 뒷면에 '뒷면 이야기'가 쓰여 있지는 않았으므로. 그리고 나의 일은 그의 원고지 앞면에 쓰여 있는 '앞면이야기'를 한 권의 책으로 만드는 것이어서 '뒷면 이야기'와 나와는 '전혀 관계없음'이므로. 그래서 '뒷면 이야기'가 과연 완성된 이야기였는지 또는 미완성의 단편에 지나지 않았는지도 나는 모른다.

그런데 '앞면 이야기'와 '뒷면 이야기'가 '전혀 관계없음'은 아니었던 듯싶다. 예를 들어 앞면에 "많은 여름에는 수백의, 적은 여름에도 수십 개의 사체가 그 해안선에는 뒹굴고 있었다. 그들은 먼 데서 보면 아름답게 누비듯이 물가를 수놓고 있었다"라고 쓰인 원고지의 뒷면에는 "많은 머리에는 수백의, 적은 머리에도 수십 개의 사체가 뒹굴고 있었다. 그것은 멀리서 보면 아름다운 시처럼 보이지만 눈을 가까이 대고 보면 한 개 한 개의 활자가 이미 썩어 문드러져서 구더기가 들끓고 있었다. 시집 전체에서 지독한 썩은 냄새가 진동했다"라는 이야기의 한 구절이 있는 것이다.

'앞면 이야기'는 시인 I가 쓴 마지막 책으로 내 손에서 곧 완성된다. 그런데 시인 I는 이 방대한 원고 뭉치를 남기고 행방이 묘연한 상태다. '앞면 이야기'의 결말(그것이 실제로 결말인지 어떤지는 모른다. 일단 원고는 거기에서 멈춰 있다)은 다음과 같이 끝난다.

"고양이 랭보는 여느 때처럼 앞과 뒤의 경계선 위를, 요컨대 담 위를 걸어온다. 멈춰 서서 큰 하품을 한다. 그 입안으로 가끔 '맞은편'이 보일 때가 있다."

그리고 그 뒷면에는 이렇게 쓰여 있다.

"고양이 랭보는 담장에서, 요컨대 앞뒤의 경계선 위에서 발을 헛디뎌서 맞은편으로 떨어졌다. 그리고 그 후

돌아오지 않았다. 어쩌면 앞도 뒤도 없는 세계로 추락해 버렸는지 모른다. 진정한 '맞은편'으로."

*

이상의 구절을 쓴 사람은 사실 시인 I이다. 즉 이것이 틀림없이 시인 I로부터 내가 받은 원고의 뒷면에 쓰여 있던 시인 I의 '뒷면 이야기'임에 틀림없다.

시인 I는 나와 많이 닮아서, 나야말로 예전부터 시인 I가 아니냐고 말하는 사람이 있다. 그러나 시인 I와 나는 '전혀 관계없음'이다. 나는 '뒷면'도 '맞은편'도 아닌 틀림 없는 '앞면'의 인간이므로.

그렇지 않으면 나는 일찍이 술에 취하기라도 해서 저 담 위에서 실은 떨어진 적이 있는 것일까. 이쪽으 로…….

그렇다면 이쪽이 '앞면'이 아니라 '뒷면'이고, '뒷면 이

야기'야말로 '앞면 이야기'일지도 모른다. 그렇다면 여기
는 시인 I의 '뒷면 이야기' 속이고 고양이 랭보의 입안,
다시 말해…… '맞은편'인 것이다.

〈저자 주〉
* 이 시에 J. G. 발라드의 작품 『태양의 제국』의 부정확한 인용이 일부 포함
  되어 있다.

버스를 타다

연인을 배웅하며 버스에 태운다. 이대로 종점까지 타고 가면 돼, 하며 창 너머로 말을 걸면 연인은 안심하고 자리에서 곧 잠들 것 같다. 버스의 모습이 보이지 않게 되자 불안해진다. 왜 버스는 승차구는 있어도 하차구는 없는 탈것일까.

*

연인과 함께 버스를 탄다. 기분 좋게 마주보며 자리를 잡았다. 문득 정신을 차리니 버스 안에서 나만이 뒤를 보고 있다. 나를 제외한 나머지 자리는 전부 정면을 향해 있다. 모든 승객의 시선이 나에게 집중되어 있어 시시각각 분위기가 험악해졌다. 그런데도 연인은 아무것도 모르고 이런 장소에서 나에게 새빨간 소라를 건네주려 한다.

*

내 연인은 가수이지만 실연의 깊은 상처로 노래하지

못하는 병에 걸리고 말았다. 버스 종점에 있는 병원에서 마취도 없이 (환부가 지나치게 뇌와 가까워서) 벌써 두 시간이 지나도록 목 수술을 받고 있다. 대머리 쌍둥이 의사가 연인의 편도선에서 (형은 오른쪽부터, 동생은 왼쪽부터) 새빨갛게 불타는 소라를 두 개 끄집어냈다. "마치 고문 같았어요. 내 연인이 나 몰래 내 몸 안에 이런 조개를 기르고 있었다니……"라고 상점가의 라디오에서 연인이 방송하고 있다. 그렇다. 나는 연인을 이것으로 벌써 두 번이나 배반한 것이다.

*

혼자서 버스를 탔다. 내릴 채비를 하고 있자니, "아쉽지만 여기에서 I씨(내 이름)와 헤어져야겠군요."라는 안내 방송이 나온다. 삼십 년 전에 버린 내 연인의 목소리로.

냉장고 안의 태양

태양이 냉장고에 갇혔다!

한밤중에 고층빌딩 계단을 손으로 더듬어 오르며 나는 홀로 구조를 떠났다. 간신히 도달한 맨 꼭대기 층에서 냉장고는 웅웅 신음하며 이마에 굵은 땀방울을 흘린 채 잠들어 있었다. 눈꺼풀이 채 닫히지 않아 흰자위를 드러내 보이며 경련하듯 되풀이해 이를 갈고 있었다. 나는 냉장고의 이름을 부르며 돌진해 혼신의 힘으로 손잡이를 잡고 문을 세차게 흔들어 그를 깨우려 했다. 그러나 내가 힘을 실으면 실을수록 그를 억누르는 힘도 강해지는 것 같았다. 냉장고 안의 긴장이 점점 더 높아지고 내부에서 문을 끌어당기는 힘이 더욱 강대해진다. 문밖에선 열대야가 계속되는데 밀실이 된 냉장고에서는 영하의 냉기가 빠르게도 내 손끝에서 온몸으로 독처럼 번져간다. 내 키보다도 작은, 계속해서 웅웅 신음하는 상자 안에서 천진난만하고 순수한 태양이 밤새 갇혀 슬프게 도움을 청하고 있는 것이다. 서둘러 이 문을 열지 않으면, 풀어주지 않으면 하고 마음만 조급한데 어른이 된 내 손발은 이미 불순한 독이 온몸을 돌아 퍼져버린 것일까, 차갑게 경직된 채 눈을 뜨고 있는지 감고 있는지조차 모르겠고 목소리를 높이려고 해도 나오는 것은 웅웅하는 신음소리인지 코 고는 소리인지 모를 소음뿐. 경련하듯 날카롭게 이를 가는 소리가 주위의 어둠을 따라 공허한 비명처럼 울려 퍼질 뿐이다.

지옥

 정신을 차려보니 나고야의 히사야 오도리久屋大通 거리에 나는 서 있었다. 커다란 나무뿌리 하나가 100미터 도로*에 쓰러져 있다. 뿌리는 허공을 향해 높이 뻗었고, 나무줄기와 지엽枝葉은 180미터 깊이 지하까지 거꾸로 자라난 터무니없이 큰 느티나무이다(딱 한 번 아버지와 함께 지하 90미터 전망대로 내려가는 엘리베이터를 타본 기억이 있다).

 도로에 깔린 돌에서 양다리를 내밀고 상반신을 땅속에 박고 있는 여인은 내 아내다(아직 어린 아내의 넓적다리를 덮은 속옷의 순백이 눈부시다!). 나와 함께 살기 시작한 후로 아내는 줄곧 이렇게 땅 아래만을 바라봐왔다. 발바닥이 참 조그맣구나. 방금 전까지 함께 침대에 누워 있을 때만 해도 알아차리지 못했는데.

〈옮긴이 주〉
* 100미터 도로: 일본에서 도시에 있는 도로 가운데 폭이 100미터 이상인 도로를 가리킨다.

도망치는 토끼

아내가 도망치는 토끼를 붙잡아 진공청소기로 빨아들였다. 청소기의 가느다란 호스 속으로 토끼가 자꾸자꾸 빨려 들어가는 것이 밖에서도 똑똑히 보였다.

*

역 앞 택시 승강장에서 커다란 잿빛 토끼 위에 올라탔다. 토끼는 여느 때와는 전혀 다른 길을 내달렸다. 이런 지름길도 있었구나, 라고 감탄하며 타고 앉아 있었는데 점점 속력이 떨어지더니 결국 정지하기에 이르렀다. 실은 길을 몰랐다고 한다. 토끼의 집으로 안내받아 어머니라고 하는 아름다운 여성과 셋이서 지도를 본다. 하지만 아무리 찾아도 내가 돌아가야 할 아파트는 보이지 않는다. 토끼는 어느새 사라졌다. 정신을 못 차릴 만큼 잠이 온다. 여성이 나를 이불 쪽으로 유혹한다.

*

여기까지 겁에 질려 꼬리를 사리고 도망쳐 왔건만 결

국 막다른 곳에 몰렸다. 나는 잿빛 토끼의 기다란 귀를 접어 고분고분한 표정을 지어 보였다. 남자들이 밀어닥친다. 한순간 의식이 끊겼다. 맨 앞의 남자가 슬로모션처럼 쓰러지고 거무스름해진 핏덩이가 순식간에 퍼져간다. 찢어진 바지 사이로 드러난 물어뜯긴 아랫배가 피조개 회 같다. 내가 저지른 짓일까?

오산바시*

　요사이 밤이면 아버지의 영혼이 곧잘 찾아온다. 검은 가지 모양의 물체가 맹장지 문을 열고 나와 아내의 침실로 억지로 밀고 들어오는 것이다. 분노에 사로잡힌 나는 마치 고양이를 쫓아내듯 "이놈!" 호통치며 방 안을 쫓아다닌다. 마지막에는 찢어진 박쥐 같은 날개를 펴고 공중으로 날아오른 물체를 파리채로 창밖으로 쫓아내지만 몇 번이고 집요하게 틈새로 밀고 들어오려 한다.

　*

　원숭이이자 아버지인 동물과 오랜 기간 즐거이 살았으나 이제 드디어 그 동물을 바깥세상에 돌려보낼 때가 왔다. 나는 동물을 데리고 엘리베이터에 올라탄다. 엘리베이터의 문은 물로 만들어져서 열릴 때 약간의 물보라가 내 뺨을 적셨다. 새하얀 옷을 입은 젊고 아름다운 아내가 긴 손가락으로 능숙하게 엘리베이터를 조작하고, 엘리베이터는 빛의 도가니 같은 해면을 향해 물속을 쭉쭉 올라가기 시작한다. 다시 한 번 물의 문이 열리자 그곳은 몹시 혼잡한 요코하마橫浜 역 플랫폼. 해방된 동물은

뒤를 돌아보며 북새통 속으로 사라져 보이지 않게 되었
다. 이제 두 번 다시 만날 일은 없으리라. 플랫폼은 그대
로 오산바시로 이어지고 바위 절벽에 밀려오는 거친 파
도의 물보라에 내 뺨은 다시금 살짝 젖었다.

*

　잠수함 같은 것을 타고 있다. 내일 오랜만에 지상으로
돌아간다고 한다. 기뻐서 날개가 돋은 듯 몸이 가볍다.
큰 소리로 노래를 부르려 하지만 소리가 나오지 않는다.
신발을 신으려 하지만 신발이 없다. 거울 앞에서 수염을
깎으려 하자 나는 한 마리의 파리가 되어 면도날 아래서
물컹 뭉개진다.

〈옮긴이 주〉
* 오산바시(大桟橋): 요코하마 항의 오산바시 부두 및 국제여객선터미널을
　함께 지칭하는 말. 이곳은 여객선 터미널의 기능과 함께 관광지로서도 뛰
　어난 경관을 자랑한다.

물속의 태양

시트를 벗기면 깊은 바다
인광燐光을 발하는 열차가 차례차례 발착하는 역이
물속의 가짜 태양처럼 눈부시게 빛난다
망자들이 타고내리는 떠들썩한 소리를 파도소리로 착
각하며
아침까지 자다 깨다 한다

*

사랑하는 이의 유방이 반달이 되어
한밤중의 하늘에
붙어 있다

*

낯선 땅에서 길을 헤매는
나는 알몸이라서 몹시 창피하다
곁에 있는 어머니를 돌아보며
몹시 힐문한다

"아버지와는 헤어진 거야?"
어머니가 말없이 손으로 가리키는 방향을 보니
땅에 깊은 구멍이 나 있고
나도 어머니도 그곳으로 가는 중임을
조용히 이해한다

물에 빠진 태양

자명종 시계의 벨 소리가 끝나자 모든 게 변해 있었다. 방 밖으로 나와 보니 눈에 익은 거실도 주방도 없고 검게 드러난 땅이 펼쳐져 있을 뿐. 그곳에는 거대하고 깊은 구멍이 뚫려 있었다.

*

구멍 속을 들여다보니 바닥에 장난감과 같은 방이 있고 우리 가족이 있다. 그들은 작은 식탁을 둘러싸고 끊임없이 입을 뻐끔거린다. "여기요!"라고 부르자 일제히 구멍 안에 놓인 텔레비전 화면으로 고개를 돌린다. 가족에게는 내 목소리가 거기서밖에 들리지 않는 것이다.

*

보면 안 되는 것을 보았다. 들으면 안 되는 것을 들었다. 그런 생각을 한 적이 없는가. 나는 여러 번 있다.

*

여섯 살 때 늦잠 자던 나를 어머니가 깨우러 왔다. 나는 대답을 하려고 입을 열었지만 목소리가 나오지 않았다. 나는 얼굴에 난 커다란 구멍 속으로 자신이 떨어지는 것을 느꼈다. 그때부터다. 태엽이 끊겨 일어서서 걸을 수도, 말할 수도 없고 눈만 번뜩이는 나는 세균 덩어리 인형이 되어버렸다.

*

친구들, 선생님, 동네 아저씨 아줌마가 차례로 찾아와 나를 가리켰다. "에잇, 장난감이 망가졌잖아." "이제 학교에 오지 않아도 된단다." "무서워, 이런 아이는 정말 무서워……."
당신들이 내게 보면 안 되는 것을 보여주고, 들으면 안 되는 것을 들려줘서 그렇잖아요.

*

잠 못 드는 밤, 잠긴 창 너머로 강물 흐르는 소리가 들린다. 귀를 기울이면 강물은 이렇게 말한다. "무언가를 잃지 않고 앞으로 나아갈 수는 없다. 아무것도 잃지 않고 계속 나아가는 것은 시간뿐이다."

＊

그렇군. 나는 앞으로 앞으로 나아가려 했기에 목소리를 잃어버린 것이다.

＊

앞으로 앞으로……. 아무도 본 적도 들은 적도 없는 세상으로.

＊

또다시 자명종이 울려댔다. 시간이 전진하고 있는 것이다.

*

    커다란 구멍이 뚫린 시커먼 땅 저편에 소용돌이치는 강물이 깊고 어두운 바다로 수런거리며 흘러든다. 그곳에서는 태양이 밤새도록 바다에 빠져 콸콸 흐르는 짠물을 마시며 지금도 괴로움에 몸부림친다.

비

교실 창문 너머로 교정에 내리는 비를 본 적이 있습니까? 비는 방금 전까지 구름 속에서 꾸벅꾸벅 졸고 있었습니다. 눈꺼풀이 점점 무거워집니다. 어느새 깊이 잠이 들었습니다. 깨어 보니 땅으로 곤두박질치고 있습니다. 내동댕이쳐지는 순간의 아픔으로 번쩍 눈이 뜨입니다. 커다란 눈을 뜨고 일그러진 입을 쫙 벌려 소리 없는 비명을 지릅니다. 그리고 나를 봅니다. 몇백 몇천 몇억 개의 비의 눈이 나를 봅니다. 임종의 눈으로. 그리고 모두 죽어버립니다. 하늘에는 영롱한 무지개가 뜹니다. 교정에는 비의 사체가 겹겹이.

3부

유년

버스 안에서

버스 안에서 나는 태어났다. 고마에 역에서 세이조 학원* 앞까지 가는 노선버스 안에서 아버지와 어머니가 사랑을 나눴기 때문이다. 아버지는 묘쇼인*, 어머니는 와카바초* 3번지에서 내렸기에 나는 혼자 커야만 했다.

버스에서 내릴 즈음 나는 초등학생이 되었다. 오다큐선*을 타고 신주쿠*에 다다를 무렵에는 중학생이 되어 맞은편 자리에 앉아있던 소녀와 첫 키스를 했다. 고등학생 때는 지하철을 탔으므로 창문으로 기나긴 어둠만 보았다. 정신을 차려 보니 그곳은 오차노미즈*였고 나는 장발의 대학생. 별의 일생을 연구하고 논문을 쓰고 고라쿠엔*의 대관람차에서 사랑하는 사람과 결혼했다.

지상으로 내려왔을 때 아내는 임신을 했다. 나와 아내는 가위바위보를 해서 어느 쪽으로 갈지 정했다. 우리 셋은 그로부터 오랫동안 언덕을 오르내렸다. 수많은 밤이 자전거 탄 우리들을 뒤쫓아 왔다.

신호가 바뀌자 아들은 길섶의 꽃이 되었다. 아내는 밤

하늘에 화려한 꼬리를 끄는 혜성이 되었다. 나는 혼자 심야버스에 올라타 잠시 눈을 붙이려 한다. 아침은 하늘을 나는 돼지를 타고 눈 깜짝할 사이에 찾아올 테니.

〈옮긴이 주〉
* 세이조 학원(成城学園): 일본 도쿄도 세타가와(世田谷) 구에 위치한 종합 캠퍼스. 세이조 유치원, 세이조 학원 초등학교, 세이조 학원 중ㆍ고등학교, 세이조 대학ㆍ대학원이 이에 속한다.
* 묘쇼인(明照院): 도쿄 조후 시(調布市)에 위치한 신사.
* 와카바초(若葉町): 도쿄 조후 시에 속하는 지역.
* 오다큐(小田急) 선: 일본 대형 사철 회사 오다큐가 운영하는 철도 노선 중 하나. 도쿄 신주쿠(新宿) 역에서 가나가와(神奈川) 현 오다와라(小田原) 역까지 잇는다.
* 신주쿠: 도쿄에 속하는 23개의 특별구 중 하나.
* 오차노미즈(御茶ノ水): 도쿄도 분쿄(文京) 구와 지요다(千代田) 구에 이르는 지역.
* 고라쿠엔(後楽園): 도쿄도 분쿄 구에 위치한 넓은 정원.

비밀

검은 수첩을 잃어버렸다. 비밀을 써두었는데. 그날 긴 선로 너머서부터 커브를 돌며 서서히 여름이 찾아왔다. 정원은 비밀로 가득해서 말매미는 늘 새카만 땀을 흘리며 괴로워한다. 죽은 자는 가지 모양 말을 타고 담 너머에서 언제까지나 나를 기다리고 있다. 나는 해바라기에게 거짓말을 했다. 내일 터널 안에 혼자 몰래 돌을 던져넣으러 간다고. 무덤 앞에 두고 온 과일은 이미 다 썩었겠지. 여름 방학 동안 회수권을 전부 쓸 수 있을까. 한낮에 역에서 내릴 때 화상을 입을 정도로 뜨거운 전차의 부푼 가슴에 손가락이 닿고 말았다. 전차는 서서히 내 기억을 잊으면서 벌거벗은 채 작열하는 듯한 해안선을 달려가겠지. 꺼림칙하다. 등에 벌레를 넣은 자 누구냐. 절규하는 이는 가느다란 목을 지닌 어머니였다. 전차는 시커먼 벌레처럼 홀연히 터널의 어둠으로 빨려 들어간다. 나는 돋보기로 본 아버지와 어머니의 비밀을 전차의 그물선반에 놓고 내렸음을 깨달았다.

눈 모양을 한 벌레

'시체를 내던지도록' 이라는 한 줄을 써두고
부리나케 노트를 닫는다.

조마조마하다.
누가 본 건 아닐까?

*

모르는 사이에 속옷에
커다란 구멍이 뚫려있다.

셔츠에도 바지에도 구멍이 있다.
점점 커진다.
냄새 나는 까만 얼룩이 퍼져가듯이.

몰래 숨겼다.
전부 옷장 뒤로.

*

구멍은 문과 벽, 천장에도 생겼다.
돌아볼 때마다 구멍 너머로
숨는 것은 무엇인가?
"이 집에는 '눈 모양을 한 큰 벌레'가
잔뜩 살고 있어."

아버지가 어머니에게 나지막이
속삭이는 말을 들은 적이 있다.

*

아버지!
눈 모양을 한 벌레를 빨리 없애 주세요.
때려잡아서 불에 태워 주세요.
굵은 수염이 잔뜩 돋은 '눈 모양을 한 벌레'를!

*

하지만 나는 아버지에게 숨어
또 한 줄 쓰고 말았다.

'곱게 썩어 짓무른 시체와 같은'이라는
두 번째 줄을.

구두점

나는 몸이 약해서
학교를 빠질 때가 많았다
구두점이 가득한 작문처럼

맹장지 문 너머로 가족들이 떠들썩하게
저녁 식사를 한다

이불을 뒤집어쓰고 자는 척하며
작문을 하고 있는데
베갯머리를 바퀴벌레가
더듬이를 흔들며 지나간다

새카맣고 반들반들한 얼굴의 바퀴벌레
자세히 보니 안경을 쓰고 있다

"멍청이!"라고 소리 지르며
나는 쓰다만 문장에서
구두점 하나를 집어서
내던졌다

바퀴벌레의 다리가 떨어졌다

구두점을 또 하나 맞히자
아랫배가 쩍 터지며
허연 기름이 잔뜩 흘러나왔다

나는 속이 시원해져
흡족해하며 아침까지 잤다

이불 속에 있는 것은 물론 사막이다
지평선까지 길게 길게 이어진다

한 줄의 문장을 더듬으며
나는 끝없이 홀로 걸어간다
구두점이 하나도 없어서
이제 쉴 수도
멈출 수도 없다

오십 년보다 훨씬 전에 꾸었던
그 빛깔 없는 꿈속에서
흐느껴 울며 읽었던 글자를
누구에게도 말하지 못한 채
줄곧 잊고 지냈는데
스무 살이 되었을 때 떠올랐다
사랑하는 사람과 처음 섹스를 할 때였다

내가 제일 처음으로 쓴 시의 제목은 이렇다
'아버지를 죽인 초등학생'

그 외에 아무것도 기억나지 않는다
그 사람의 이름조차

복수

잊어버려선 안 될 단어를 붙잡으면
반드시 메모를 해라!
당신은 그렇게 말하며 나를 때렸다.
하지만 종이에 써 놓기만 하면
메모는 어디론가 가버린다.

청띠제비나비*나 꽃무지*나
살아있기에 모두
어디론가 가버린 것이다.
잠자리채와 곤충채집통에
어느 글자의 변邊과 방傍처럼
작은 팔다리와 날개 조각을 남기고.

그러니까 써둔 메모는 반드시 핀pin으로
눈앞의 벽에 고정시켜라!
당신은 그렇게 말하며
또다시 나를 때렸다.
내가 코피를 흘리는데도 개의치 않고
때렸다.

오른쪽 주먹으로
나를 때리고 때리고 또 때렸다.
깡충거미*나 칠성무당벌레를
새끼손가락으로 짓눌러 뭉개듯
때리고 때리고 또 때렸다.

*

아버지의 서재를 몰래 들여다본 적이 있어요.
거기에는 언제나 화려한
공작나비나 고추좀잠자리가
산 채로 붙어 있었습니다.
더는 날 수도, 울 수도, 절규할 수도 없이
모두 알몸으로, 온 몸에 부들부들 경련을 일으키며
상처에서는 계속해서 피를 흘리고 있었지요.

곤충의 피는 붉지 않습니다.
알고 있나요?
아버지, 언어의 피는 무슨 색인가요?

*

그날 나는 꿈을 꾸었던 걸까요?
비밀 서재 문의 열쇠 구멍을
여느 때처럼 들여다본 순간
그 녀석을 보고 말았습니다.
내 새끼손가락보다 두툼한 몸통을
징그럽게 비비 꼬며
장수잠자리 한 마리가 알몸의 어머니를
여섯 개의 다리로 꽉 누르고
게걸스레 게걸스레 먹고 있는 것을.
흑백 얼룩무늬의 가슴 위에는
아버지를 빼닮은 커다란 머리가 달려 있고
그 정수리에는 두 개의 더듬이가 돋아 있었습니다.
그리고 장수잠자리는 느릿느릿 고개를 돌려
나를 바라봤습니다.

나는 꿈을 꾸었던 것 같다.

정신을 차려보니 나는
그 녀석을 때리고 있었다.
때리고 때리고 또 때리고
붙잡은 그 녀석의 두툼한 몸통을 핀으로 푹 찔러
한 장의 메모로서 고정시켰다.
아버지의 비밀 서재
벽 위에 높이
살아있는 채로 그 녀석을
책형磔刑에 처했다.

하지만 학교에서 돌아와 보니
내 메모는 아니나 다를까
어디론가 사라져버렸다.
벽에는 아버지의 오른쪽 새끼손가락만이
잘린 채로 고정되어 있고
장수잠자리 엉덩이의 더럽고 구린 피가
방 안에 튀어 있었다.

어쩔 수 없이

복습*을 하려고
공부방으로 돌아오니
책상 위에 내가 잃어버린 메모가 있었다.
바닥도 벽도 침대도 피투성이였다.
여기까지 곤충의 숨으로 도망쳐 와
결국 그 녀석의 숨이 끊어진 것이다.
괴로운 듯 꼬부라진 북통배의 몸통 위에
진짜를 쏙 빼닮은 아버지의 머리를 단 채로.

*

정신을 차려보니 뒤에 어머니가 가만히 서서 "메모에
는 뭐라고 적혀 있니?"라고 내게 물었어요.
하지만 죽어버린 말은 더는 생각나지 않았습니다.

"아버지 사랑해요!"였는지
아니면
"아버지를 죽여버릴 거야!"였는지

*

보세요, 아버지!
이것이 오늘 제가 지은 시입니다.
모두 내가 침핀으로
산 채로 고정시켜 둔
잊으면 안 되는 메모의 언어로 지었습니다.

지금은 제가 혼자 쓰고 있는
비밀 서재의 벽에
이 시를 붙여두겠습니다.
언젠가 당신이 되살아왔을 때
읽어 주시기를.

이제 저는 언어를 결코
놓치지 않을 겁니다.
당신에게 맞고 또 맞으며
몇 번이고 몇 번이고 저는 복습을 했으니까요.
고통스럽지 않게 언어의 심장을

침핀으로 단번에 찌르는 방법을.

알고 계십니까?

아버지, 언어가 흘리는 피는 영원히 결코 마르지 않는
다는 사실을.

〈옮긴이 주〉
* 청띠제비나비: 호랑나빗과의 곤충. 편 날개의 길이는 8cm 정도이고 날개
　가운데에 청록색의 띠가 있다.
* 꽃무지: 꽃무짓과의 곤충. 몸의 길이는 1.5cm 정도이며, 녹색에 흰 얼룩
　무늬가 있고 온몸에 갈색 털이 나 있다.
* 깡충거미: 깡충거밋과의 거미류. 파리잡이 거미라고도 한다.
* 일본어에서 복수(復讎)와 복습(復習)의 발음은 '후쿠슈'로 동음이의어이
　다.

상실

　나 일어서지 못하겠어, 라고 말하더니 의자가 되어버렸다. 이제 누울 수도, 잠에 빠질 수도 없으리라. 슬픔이 곧바로 그 등을 검게 칠했다. 그때부터 창밖은 영원히 한낮이다.

　드높은 하늘을 향해 단 한 번, 공원 사이렌이 큰 소리로 울렸다. 그런데 풀에 파묻힌 분수는 침묵을 지키며 줄곧 생각하고 있다. 여기에서 사라진 이는 누구였을까 하고.

유년

한밤중에 잠이 깼다. 나는 부엌에서 몰래 설탕 단지의 뚜껑을 열었다. 여느 때처럼 입안에 침을 가득 머금고.

그 순간 땅에서 눈이 나왔다. 한 개, 두 개, 세 개…….
창문에서 비늘 덮인 손이 뻗어 나오더니 양배추 탈을 내게 씌운다. "으악" 비명을 지르며 얼굴에서 피투성이 껍질을 차례차례 잡아 뜯는 사이 날이 밝았다. 옆에서는 어머니가 조용히 숨소리를 내며 잠들어 있다. 많은 애벌레들이 내 얼굴을 게걸스레 먹고 있는데 이를 짐작조차 못한 채.

아버지의 손이 내 뺨을 때린다. "못난 놈, 눈도 코도 없는 주제에!" 그 순간 집 뒤쪽에 거대한 별이 떨어졌다. 소리도 없이 폭발하자 야마자키가와* 강둑에 까만 벚꽃이 만개한다.

마침내 내 입에서 침이 흘러넘치기 시작했다. 땅으로 흘러 떨어지자 모두 여섯 개의 다리가 돋아난다. 형벌이다. 몇백 몇천의 굶주린 작은 글자들은 달콤함을 갈구하

느라 애쓴다.

　내 설탕 단지에 순식간에 개미가 꼬여든다. 새카맣게
되어 다시 밤이 온다.

〈옮긴이 주〉
　* 야마자키가와(山崎川) 강: 일본 아이치 현 나고야 시를 흐르는 하천.

유키*

　나는 유키라는 이름의 벙어리 소녀와 서로 사랑하여 한 지붕 아래서 살게 되었다. 우리는 겨울에도 창문을 열어두고 삭풍이 침실로 들이치는 채로 잠을 잤다. 유키는 남들 앞에 나서기를 싫어해서 손님이 올 때면 주방에 틀어박혀 나오지 않았다. 그래서 모두들 나를 노총각이라고 여겼다. 아주 가끔 주방에서 냉장고를 연 손님이 내게 이렇게 물어본 적이 있다. "이 봉투 속에 새하얗고 차가운 것은 뭔가요?" 나는 웃으며 대답했다. "그건 눈*이에요."

　봄이 왔다. 지붕에 수북하게 쌓여있던 눈이 사라지고 거리로 나온 사람들은 모두 겉옷을 벗어 던진 채 행복해 보인다. 내 집에 '매매賣買'라는 팻말을 붙이자 곧 몇 사람이 알아차린다. 하지만 내가 사라지는 것을 슬퍼하는 사람은 아무도 없다. 젊은 날 나는 이 집에서 세상을 얼어붙게 할 한 줄의 시를 썼다. 그 탓에 이토록 오래 이어져온 겨울이 지금 겨우 끝나려는 참이므로.

〈옮긴이 주〉
* 유키: 일본인의 이름.
* 일본어에서 눈(雪)은 '유키'이며, 인명 '유키'와 동음이의어이다.

태양

   그것은 밭에서 기르기 가장 쉬운 천체 중 하나이다. 알이 작은 종자를 이랑에 아무것도 아닌 기억처럼 심어 두기만 해도 아침이슬 내릴 때쯤에는 금세 싹을 틔운다. 그리고 어두운 땅속으로 깊게 뿌리를 뻗어 어느새 토실토실 살이 오르기 시작한다.

   모두가 고생할 때는 그것을 수확할 때다. 땅속에 익숙해진 것을 힘껏 잡아당겨 보지만 쉽게 뽑히지 않는다. 나자빠지고 사지가 부러지거나 정신까지 이상해진 사람이 줄을 이었다. 겨우겨우 땅 밖으로 나온 자신을 직시하자마자 눈이 데어 짓무른 경우도 있다.

   그것을 집까지 들고 오는 일은 더욱 고되다. 엄청난 거구에 무게도 어마어마해서 꿈쩍도 않는 것을 대낮에 부엌까지 끌고 와서 도마에 놓고 잎과 줄기, 뿌리를 탁탁 썰어 큰 냄비에 던져 넣는 기쁨은 그것만으로 더없이 좋다.

   그러나 배를 어루만지며 흡족해하다가 세상이 암흑으

로 변한 사실을 깨닫지만 이미 늦었다. 눈부시게 빛나던 꿈도, 희망과 절망의 모든 밤에 애무를 나누던 연인도, 심오하고 난해한 말로 가득했던 노트도 무엇 하나 찾을 수 없다.

　배를 곯은 네가 지금 막 그것을 깡그리 먹어치웠기 때문이다.

갈채

피아노는 흑백의 덩굴장미 꽃이 서로 뒤얽혀 내 갈 길을 방해하는 깊고 어두운 숲이다. 나는 알몸으로 그 숲에 뛰어든다. 전력 질주하는 내 손가락이 닿을 때마다 장미는 독가시로 날카롭게 내 살갗을 꿰뚫는다. 첫 번째 곡이 끝날 무렵, 내 온몸은 이미 상처투성이. 고통과 두려움에 나는 눈물을 참지 못한다. 그래도 나는 질주를 멈출 수 없다. 큰 소리로 울부짖고 있지만 내 소리가 웃는 듯이 들리는 이유는 무엇일까. 겨우 숲을 빠져나온 곳에서 나는 힘이 빠져 쓰러지고 말았다. 의식이 멀어져 가는 것을 느끼며 나는 마지막 힘을 다해 뒤를 돌아보았다. 그러자 어느새 그곳은 오색찬란한 무지개 숲으로 바뀌어 있었다. 우렛소리와 같은 갈채가 멀리서 울려 퍼진다. 하지만 아무도 모른다. 숲 저편에서 내 매미가 핏빛으로 물들어 죽어가고 있음을.

〈저자 주〉
* 피아니스트 도마리 마미코(泊真美子) 씨에게.

172

왈츠

바다가 이렇게 밝은 이유는 바닥에 아이를 잉태한 만월이 가라앉아 있는 까닭이다. 너의 이름은 마미mammy. 변두리 피아니스트이다. 누구나 알고 있는 사실이지만 마미에게는 세 아이가 있었다. 장남은 술집의 빨간 지붕 위에 걸린 구름인데 이웃 마을에서 때때로 비를 뿌리려고 들르는 모양이다. 둘째 아들은 등대처럼 건장하지만 밤이 되면 항구에 난 피투성이 유두를 빨고 있다고 한다. 풍문으로는 거울에 비친 나를 빼닮았다고 한다. 막내딸은 사람들이 이름을 외우기도 전에 파란 재가 되어 바닷바람에 산산이 흩어졌다. 헌데 남편에 대해서는 아무도 모른다. 항구도시라면 어디서나 흔한 이야기.

또 한 구 폐공장 뒤에서 시체가 발견되었다. 낡고 녹슨 열쇠 하나가 주머니에서 튀어나와 있었다. 이것도 흔한 이야기. 부두 건너편에서 "어머니" "아버지" 하고 부르는 소리가 자주 들려오지만 파도소리인지도 모른다. 건조장에는 벌써 커다란 귀가 여기저기 나 있을까? 저 소리가 들리는 밤은 어김없이 포자胞子가 여기저기에서 날아오니까.

173

탐정은 거울 앞에서 막 모자를 고쳐 썼다. 출동하기 전에 핏빛 넥타이로 목을 다시 조여 매야 한다. 서둘러야 해. 하지만 조금 전까지 악보를 보고 있었으므로 머릿속이 소나타 제3악장에서 바뀌지 않는다. 그렇다면 어젯밤 내 침대에서 큰 소동을 벌인 범인은 누구일까? 빨간 털북숭이 다리가 들썩들썩 움직이는 통에 마치 화재가 난 듯했다.

항구에 도착해 버스에서 내리니 다시 여자처럼 뜨거운 조수가 밀려들어 온다. 해변 도로의 상점가 중간쯤에서 순식간에 기다란 혀가 나와서는 침으로 가로수를 적신다. 탐정은 회중시계를 꺼내 중얼거린다. 천문관측소의 예보에 의하면 슬슬 달이 뜰 시각이다. 초로의 술집 주인이 젖은 손가락으로 술집의 피아노 덮개를 열겠지. 그리고 또 하나 시체를 찾아내어……

이제 검은 고양이 흥신소도 폐쇄해야 할 때다. 시인도 음악가도 살 수 없는 작은 마을에 탐정이 밥벌이가 될

174

리 없다. 마지막 보고서에는 이것만 써두자.

*

이 마을에서 내가 발견한 것은 전부 가짜였다. 일등항해사 살인사건의 범인도, 당신에게 바친 루비 결혼반지도, 당신 꿈이었던 데뷔 리사이틀도. (고생해서 모은 돈은 화성에서 원반을 타고 온 남자가 가지고 달아났다⋯⋯) 그럼에도 당신에 대한 사랑만큼은 진심이었기에 결국 찾아내지 못한 채 나는 이 마을을 떠나간다.

그래. 저 방의 열쇠만은 남겨두고 가지. 실재하지 않는 스위트홈의 실재하지 않는 신부를 위한 실재하지 않는 드레스룸의⋯⋯. 오래된 연가처럼 녹슨 열쇠다. 너에게 빌린 것은 모두 손으로 그린 오선 악보 위에 있다.

잘 가요, 바다에 잠긴 마미. 당신 남편의 시체도 그 주변 물 밑에서 빨간 털북숭이 게에게 먹혔을 터. 방아쇠는 딱딱하고 화약 연기는 눈이 매캐할 정도다. 그 밤도

"어머니! 아버지!" 하고 부르는 소리가 쉼 없이 들렸다. 해명海鳴이었는지도 모른다. 내 엄지손가락이 구부러지지 않는 건 그 이후부터다. 그래도 당신에게 배운 피아노는 지금도 칠 수 있다. 애도의 왈츠는 한 음도 벗어나지 않았어.

수확

검은 벽을 따라 걷고 있었는데 언제부턴가 흰 벽을 따라 걷고 있다는 사실을 알아차린다. 그러자 잿빛 남자는 고개를 갸웃거리며 발을 멈춘다. 홍수 졌던 물이 빠진 다음 날부터 걷기 시작하여 영원히 비슷한 하루의 낮과 하루의 밤 동안 희망에는 조금 못 미치는 보폭을 신중히 지켜왔다. 확실한 것은 아무것도 없다. 한밤중에 수로에서 거대한 물고기를 낚아 올렸는데 어스름 동이 터올 때 양손에 꽉 쥐고 있던 것은 마름* 열매였다. 얼굴 한 면에 난 보리는 만조 시각에 맹렬히 솟아올라 수많은 불티를 흩날릴 뿐이었다.

〈옮긴이 주〉
* 마름(Trapa japonica): 연못이나 늪에서 자라는 한해살이 물풀. 진흙 속에 뿌리를 박고, 줄기는 물속에서 가늘고 길게 자라 물 위로 나오며 깃털 모양의 물뿌리가 있다. 잎은 줄기 꼭대기에 뭉쳐나고 마름모에 가까운 세모꼴이며, 잎자루에 공기가 들어 있는 불룩한 부낭(浮囊)이 있어 물 위에 뜬다.

복사기의 고독

복사기는 누구에게도 도움을 받지 못한다.

*

밤. 나는 어두운 산길을 아들과 낯선 남자와 셋이 걷고 있다. 산 위에는 나와 아들이 사는 커다란 저택이 있고, 주위는 칠흑 같이 어둡고 인적 없는 깊은 숲이다. 낯선 남자가 갑자기 쓰러져서 우리 집에 눕힌다.

남자는 몇 번이고 다시 살펴보아도 모르는 얼굴인데, 이 저택에서 자고 있는 모습에 위화감이 없다. 그도 그럴 것이 이 남자는 나이기 때문이다. 내가 낮 사이 깨어 있는 동안 내 인격 깊숙한 곳에 숨겨져 있던 또 하나의 낯선 나. 그렇다. 꿈이 나를 복사해서 또 하나의 나를 만든 것이다.

이것은 1999년 11월 28일의 꿈. 나는 매일 아침 정확하고 세밀하게 꿈을 기록한다. 그리고 소중한 꿈을 잊지 않게끔 반드시 한 장씩 복사를 해 놓는다. 희푸른 빛이 소리도 없이 내 얼굴을 어루만지면, 방금 꾼 꿈과 똑 닮은 꿈을 기계가 토해낸다. 나를 빼닮았지만 약간 다른, 또 하나의 내 기록이 한 장 복사되어 바닥에 떨어진다.

낯선 남자가 벌떡 일어나더니 내 아들을 불렀다. 아들은 남자에게 종종걸음으로 달려간다. 남자는 나와 조금도 닮지 않았지만 아들과는 얼굴을 복사한 듯 판박이다. 남자와 아들은 분명 부자 사이다. 그렇다면 아들의 아버지라고 생각했던 나는 도대체 누구일까? 비명을 지르며 식은땀으로 범벅이 된 채 잠에서 깨어났다.

그 꿈의 기록을 복사한다. 복사본과 원본이 손에서 떨어진다. 그러자 어느 것이 원본이고 어느 것이 복사본인지 더는 구별하기 어렵다. 남자와 나처럼.

산길을 혼자 터벅터벅 걸어간다. 숲 속에서 푸르스름한 빛이 반짝인다. 무섭다. 하지만 끌리듯이 가까이 다가간다. 빛나고 있던 건 복사기이다. 연달아 복사물을 토해낸다. 빛의 중심에서 백 명, 천 명의 나와 똑 닮았지만 약간 다른 아들의 얼굴이 튀어나와 허공을 가득 채우며 내게 다가온다.

나는 복사기에 내 머리를 집에 넣고 손으로 더듬어 스위치를 누른다. 복사물이 연거푸 토해져 나오는 소리가 난다. 백 명, 천 명의, 나와 꼭 닮았지만 약간 다른 또 하나의 내가 아들의 이름을 부른다. "하지메*!"

꿈에 나타나는 아들은 낮에 깨어있는 동안 내 인격 깊숙한 곳에 숨겨져 있던 또 하나의 낯선 나다. 그래서 아들은 나와 판박이. 이름도 나와 똑같다.

*

꿈속에서 복사기는 언제나 혼자다. 비명을 질러도 아무에게도 들리지 않는다.

〈옮긴이 주〉
* 하지메: 일본인의 이름.

강 근처에서

노가와野川 강 근처에 20층짜리 고층 아파트가 있다. 초록색으로 칠한 문이 가로로 스무 개씩 늘어서 있다. 이 건물은 누구든(당신이 아니더라도) 고쿠요*의 B5판 원고지를 연상시킨다.

일본에서 가장 작은 이 거리에서 이곳은 가장 높은 장소이기에 건설 당시부터 투신자살의 명소가 되었다. 자살하는 사람은 하룻밤에 한 사람 꼴이었고 그보다 많지도 적지도 않았다.

물론 자동 잠금 방식이지만 주민의 등에 딱 달라붙어서 현관으로 들어서면 고속 엘리베이터가 곧바로 원고지 첫 행 첫 번째 글자까지 데려다준다.

이제 당신의 시를 여기부터 써내려가 주세요. 아직 아무도 읽은 적 없는 고유의 개성 있는 죽음의 첫 행을. ……이렇게.

예를 들어 이런 첫 행은 어떨까? 나는 어느 날 20층에 있는 초록색 문 앞에서 문득 뒤돌아본 적이 있다. 그러자 내 등에 죽은 사람이 딱 달라붙어 있었다.

아니다. 그 사람은 죽은 사람이 아니라 시인이었다. 단지 머리가 없었을 뿐이다. 당신에게 말한다는 걸 깜빡하고 있었지만 내 아버지는 살아계실 때 고쿠요 B5판 원고지를 즐겨 쓰는 시인이었다. 그렇다. 그 초록색 머리칼만을 한결같이 사랑했다.

종이*가 아니냐고? 아니야. 오자(誤字)가 아니야.

이로써 두 행의 죽음을 기록했다. 세 번째 행은 이런 식으로 하면 어떨까? 닭 모가지를 치면 그놈은 비명을 지르며 이리저리 뛰어다닌다. 머리가 없는데도.

닭의 성대는 목보다 심장에 가까이 있어서 죽을 때까지 울어댄다. 꼭 시인 같지 않은가.

이런. 내가 쓰지 않았는데도 누군가가 네 번째 행 아

랫부분을 써버렸다. 이래서 고쿠요 원고지는 싫다. 죽음을 과하게 써버리니까.

그날 아버지는 혼자 20층까지 올라가 거기에서 추락했다(추락한 걸로 되어 있다). 유서는 초록색 원고지에 빨간 잉크로 쓰여 있었으므로 아버지의 심장에서 솟아나는 피와 뒤섞여 읽을 수 없었다.

아니. 애초부터 피로 썼을지도 모른다. 어디부터가 피고 어디부터가 글자인지 모르겠다. 현대시란 그런 건가보다(웃음).

어쨌든 죽음을 계속해서 쓰겠다. 당신은 이 아파트 20층에 살고 있었다. 당신은 초록 머리칼(이것도 오자가 아니다)을 가졌고 아버지 취향에 딱 맞는, 지상에 흔적을 남기지 않고 간 여성이었다.

이야기가 혼란스럽다고? 아니. 괜찮다. 그날 밤 나는 아버지가 방문하기 전에 한발 앞서 그 방을 찾아갔다.

그렇다. 당신의 방을. 그리고 뒤쫓아 온 아버지가 나를 발견했다.

아버지는 들고 있던 펜을 휘둘렀다. 가진 게 그뿐이었으니까. 그놈은 아버지가 시를 쓸 때 사용하는데 때로는 흉기가 된다. 나는 그놈으로 양쪽 눈을 찔렸다.

그 순간 나는 지금까지 보이지 않던 것들이 보였다. 머리가 없는 피투성이 시인이 언제까지고 비명을 지르면서 냇가를 이리저리 뛰어다닌다.

자, 슬슬 이 죽음을 그만 쓸 때가 됐다. 나는 현대시인이 아니니까 가능한 한 로맨틱하게 끝내고 싶다. 진부해도 상관없잖은가. 예를 들면 이런 식으로.

"어머니! 먼저 가는 불효자를 용서하시옵소서. 저는 어머니를 사랑했습니다!"

그렇지만 초록색 원고지에 쓰면 이 한 행은 의미가 바

184

뀐다. 오늘 밤 아파트 바로 아래의 지면에 내 두 눈에서 콸콸 쏟아지는 빨간 잉크로 쓰면 이렇다.

"아버지! 저는 당신을 죽였습니다. 당신에게서 사랑하는 아내를 빼앗기 위해!"

이래서 고쿠요 원고지는 싫다. 언제까지고 빨간 잉크가 마르지 않는다. 내 시체나 아버지의 시체도 하염없이 피를 흘릴 뿐 완전히 죽지는 않는다.

오늘 밤도 죽은 나는 고속 엘리베이터를 타고 아파트 20층에 다다른다. 나는 아버지에게 두 눈을 찔리고, 얼굴 없는 시체를 밀어 떨어뜨린다. 초록색 머리칼의 당신 방 앞에서. 거듭, 거듭……. 쓰고 지우고, 쓰고 지우고…….

그래서 오늘 밤도 냇가 20층짜리 아파트 바로 아래에는 한 행뿐인 시가 떨어져 있다. 아니다. 한 구의 시체만 굴러다닌다.

세어보니 이 시는 팔십구 행이었다. 즉 나와 아버지는 당신이 읽고 있는 시 위에서 서로를 여든아홉 번 죽였다. 그리고 계속해서 서로를 죽일 것이다.

〈저자주〉
* 이 작품이 처음 발표되었을 때 30자×89행으로 게재되었다.

〈옮긴이 주〉
* 고쿠요(Kokuyo): 문방구와 사무용품, 사무기기를 제조, 판매하는 일본회사.
* 일본어에서 머리칼(髮)과 종이(紙)는 '가미'라는 동음이의어이다.

처음의 끝

나는 '끝'이라는 지방에서 태어나 '처음'이라는 이름을 얻었다. 내가 끝에서 처음으로 아버지를 따라 외출한 곳은 나고야 시립 히가시야마東山 식물원이었다. 언덕 몇 개를 고스란히 부지로 만든 녹색 미로에서 나는 금세 미아가 되었다. 큰 온실 안에서 나는 자라났고 급기야 '처음'이라는 이름조차 잊어버렸다. 정신이 들자 나는 끝에서 최초의 대장미원의 정원사가 되어 있었다.

대장미원에서 내가 키운 건 세상에 하나뿐인 가시 없는 장미였다. 그 장미는 나처럼 이름이 없었기에 나는 '끝의 처음'이라고 이름을 지어 주었다. 6월이 되면 장미는 만개한다. 그러자 한 남자의 뒷모습이 검은 자전거에 걸터앉아 구경하러 왔다. 남자는 내 '끝의 처음'을 보고 중얼거렸다. "장미꽃이 난해해졌군."

"6월은 시인에게 그야말로 우울한 계절이지. 왜냐하면 가는 곳마다 꽃들이 난해해져서 그걸 이해하기 위해 나는 혼자 괴로워해야 하니까. 장미는 좀 더 알기 쉽고 아름다운 소녀 같아야 하지 않을까. 그렇지 않으면 모두가

침 뱉고, 무시하고, 짓밟을 뿐이야. 나처럼 말이지."

시인이 떠나간 뒤에 나는 내 '끝의 처음'을 유심히 바라보았다. 장미는 피투성이의 소용돌이를 일으키고 있다. 선명한 소용돌이의 중심을 보고 있자니 현기증이 났다. 이 장미의 의미를 아는 사람은 나 혼자뿐이다. 몇천 행行, 아니 몇만 행, 몇억 행의 장미가 내 주위에 만개했더라도 시인은 머지않아 모든 장미의 이름을 해독하겠지. 그렇지만 이 한 행만큼은 아무도 모를 것이다.

"당신이 버린 가시 없는 장미는 혼자서 이렇게 자랐어요. 아버지……."

처음부터 끝나 있었다. 아무도 알아주지 않았다. 세상에 하나뿐인 그런 장미에 다가가면 분명 당신의 죽음 냄새가 날 겁니다.

그려놓고 온 지도

어제까지 달은 나라는 꿈을 꾸었지만 그 꿈에서 깨버렸다. 언제든 달이 여기로 되돌아올 수 있도록 지도만은 들판을 흐르는 냇가의 진흙에 그려놓고 왔다. 그럼에도 달이 사랑했던 나는 꿈이었으므로 한밤중에 야토谷戸 다리 옆으로 가보았지만 새빨간 나무토막 하나가 '안녕히'라고 말하며 흘러갈 뿐이었다.

편지 비슷한

당신에게 보낼 편지 비슷한 것을 쓰다가 문득 생각했습니다. 당신은 이미 시체라서 이것은 편지가 아니라고. 내가 쓰고 있는 것은 글자가 아닙니다. 이상하게 팔, 다리, 머리가 꺾인 시체의 무리입니다. 그때 광장에서 피운 화톳불에 비쳐 이글이글 빛나던 시체들입니다. 나는 그 광경을 눈에 새긴 채 몇십 년을 살아왔습니다. 그러나 아무리 해도 저 시체들이 어떤 글자인지, 읽으면 어떤 의미인지 모르는 상태였습니다. 지금 내가 당신에게 쓰고 있는 고백. 이것이야말로 저 시체들이 표현하던 '살아있는 말'이었는데 말입니다.

"당신을 사랑합니다" "아니요, 미워합니다"

상반된 두 언어의 세력이 저 화톳불 옆에서 마주한 채, 있는 힘껏 변邊과 방傍과 갓머리를 꺾으며 때리고 넘어뜨려 서로 숨통을 끊어놓았습니다.

그리고 모든 글자는 시체가 되어 밤새 비를 맞아 썩고 당신에게 읽히지 않은 채 버려진 것입니다.

그로부터 기나긴 세월이 흘렀습니다. 지금 비로소 시체가 된 당신에게 편지 비슷한 것을 쓰다가 멍하니 생각합니다. 과연 나는 당신의 '살아 있는 아들'인지 아니면 '죽은 아들'인지.

지진의 날 1

나는 그때 심장의 리튬 배터리가 방전되어 고마에 거리를 걸어 단골 시계방에 가던 중이었습니다.

배터리 잔량이 줄어들면 맥이 두 번에 한 번씩 뜁니다. 배터리가 다 되었다는 신호입니다.

맥이 뛰는 동안 열려 있는 가게를 찾아서 아직 만료되지 않은 보증서를 보여 주기만 하면 된다고 여유를 부리고 있었습니다.

*

그날 아침에도 나는 시를 쓰는 데 실패했습니다. 서재의 창문을 열고 지우개로 지워버린 언어들을 산 채로 땅에 우수수 쏟아버렸습니다.

언어는 잠시 꿈틀거렸지만 점점 움직임이 멎었습니다. 이윽고 까마귀와 찌르레기들이 날아와 쪼아 먹었고 마지막에는 한 줌의 글자만이 남았습니다.

의미가 있는 듯도 하고 없는 듯도 한 그 구절에 미련이 남았지만 잊기로 했습니다. 내 노트에는 아직 산더미 같은 언어들이 남아 있었으니까요.

대열을 갖추고 내가 "쏴라!"라고 명령하기만을 조용히 기다리는 수많은 검은 병사처럼.

*

태양이 물에 빠졌다!

그때였습니다. 그렇게 누군가가 외친 순간은…….

*

동쪽 하늘에 큰 귓불 하나가 떠 있습니다.

지진의 날 2

수도꼭지 잠그는 걸 잊었습니다.
그날.

*

강가 버스 정류장에서 기다리자
3층 버스가 왔습니다.

버스를 타니
2층도 3층도 물로 가득합니다.
계단을 내려가니
지하실이 있었습니다.

창문이 없어서 아쉬웠지만
여기는 빈자리라
느긋하게 앉을 수 있습니다.
종점까지 자면서 갈 수 있겠지요.

물속에서.

*

하늘 위에서도 거울 속에서도
달은 차고 이지러지기를 반복했습니다.
달은 그렇게 눈을 껌벅이다가
잠들었습니다.

하지만 거울에는 눈꺼풀이 없어서
잠을 자지 못합니다.
깨져버린 지금도.

거울은 모든 것을 보는 일 말고는 아무것도 할 수 없습
니다.
깨진 거울에 산산이 조각난 풍경이 담겨 있습니다.

달은 눈을 감을 수는 있지만
고개를 돌리지는 못합니다.

*

눈이 내리기 시작했는데
나는 땀 같은 것에 젖어 있었습니다.
옷을 갈아입어야지.

하나하나 벗었습니다.
두꺼운 코트를 겉옷을 셔츠를
흠뻑 젖은 속옷을.

얼굴을.

그리고 나는 당신을 만나러 갔습니다.

하지만 당신은 이미
그런 나는 보이지 않았겠지요.

*

한밤중의 사무실 건물에 단 하나
창백한 빛이 깜박이는 창문이 있었습니다.

계단을 올라가 문을 열고 불러보지만
대답은 돌아오지 않습니다.

복사기 한 대가 저절로 복사를 하고 있습니다.
하나의 글자를 계속해서 복제하고 있습니다.
'OFF' 스위치는 어디에 있나요?

어서 끄지 않으면 끝도 없이
방도 거리도 세상도 그 글자로
가득 차버릴 텐데요.

지진의 날 3

이곳은 출입금지 구역입니다.
내가 치사량의 언어를 쓴 노트를 두고 왔으니까
아버지도, 어머니도, 선생님도 다가오면 모두 죽일 거
예요!

나는 망가졌습니다.
모두들 나를 무서워하며 멀리서 손가락질합니다.
희열을 느낍니다.

*

나한테 "더러워!"라고 말하다니.
네가 죽어도 나는 백만 년
너를 계속 오염시켜 줄게.

*

높은 곳에서 나를 떨어뜨린다.
뜨거운 물을 등에 끼얹는다.

내 뺨을 천 번 후려갈긴다.
그러자 아버지 방의 전등이 아침까지 켜져 있다.

*

아버지가 나를 ○○했다고 호소하자
"언어의 방사능을 퍼트리지 말고
저쪽으로 가!"라고 말합니다.
"○○○이 옳잖아······"라면서.

*

비관보다 낙관을
절망보다 희망을 말하세요.
사실을 말해서는 안 됩니다.
웃으세요.
힘을 내세요.

*

이런 판국에 히죽히죽 웃음이 나와?
아버지는 나를 때렸습니다.

*

나를 만든 사람도, 망가뜨린 사람도, 벌을 주는 사람
도 아버지.

*

렌토르민, 하루시온, 데파스*를 백 알씩.
그래도 내게는 물을 펌프로 마시는 것과 같다.
누가 나를 영원히 잠들게 해줄 수 있을까?

*

내 얼굴을 직접 보면 죽어요.
거울을 사용하면 괜찮아요.

하지만 지금 네가 보는 것은 너 자신의 얼굴이다.
비명을 지르지 않아도 돼.

*

아무리 물을 끼얹어도 백만 년 꺼지지 않는 불.
그것이 나입니다.

*

왜 아무 말 안 하느냐고?
사실은 그리 간단히 말하지 못하니까.

*

좋은 냄새가 난다.
너와 너의 아버지의 시체가 항구에 떠 있다.

*

죽는데 반감기*가 있습니까?

〈옮긴이 주〉
* 렌토르민, 하루시온, 데파스: 수면제의 여러 종류.
* 반감기(半減期): 방사성 원소나 소립자가 붕괴하여 다른 원소로 변할 때
  그 원소의 원자 수가 최초의 반으로 줄 때까지 걸리는 시간.

안녕히

외로움에 쫓기던 어느 날 정신을 차려보니 나는 그 거리의 입구에 서 있었다. 사방이 감자밭인 이런 외진 곳에 어느 사이엔가 새로운 지하상가가 생겼다. 계단을 내려가자 지상보다 훨씬 활기차고 지나다니는 사람들도 많다. 그런데 이쪽저쪽에서 "안녕히." "이제 못 만나겠네."라는 소리가 바다 울음처럼 들린다. 나는 거리의 가장 안쪽 가게에서 팔고 남은 감자를 딱 한 알만 샀다. "싹이 났으니까 싸게 줄게."라는 가게 주인의 말에 냉큼 사버렸다.

그다음에 상가에 갔을 때도 나는 사람들의 친절함에 굶주렸던가 보다. 그럴 때는 지하로 내려가는 계단을 귀신같이 찾아낸다. 벽은 여기저기 칠이 벗겨져 있었고 셔터를 내린 가게가 눈에 띄었다. 가장 안쪽으로 가니 채소 가게도 문 닫을 준비를 하고 있었다. 가게 주인은 나를 돌아보더니 "당신에게 판 감자가 마지막 물건이었어. 그래서 이제 그만 헤어지는 거야."라고 말했다. "그 싹은 많이 자랐어?" 나는 못내 터져 나온 울음 탓에 대답을 하지 못했다.

그 후로 몇십 년인가 흐른 뒤 나는 콘크리트로 메워진 거리 한 모퉁이에서 다시 지하로 향하는 입구를 발견했다. 녹이 슨 간판에 '안녕히'라는 거리의 이름이 지워지지 않고 남아 있었다. 셔터가 삭아서 아무리 애를 써도 안으로는 들어갈 수가 없었다. 그 옆에 돌을 가르듯 감자 싹이 나 있었다. 내가 그때 심었던 싹이 오랜 시간에 걸쳐 자라나 지금은 이만큼 컸다. 내 마음속도 세상의 암흑뿐인 내부도 모든 것을 꿰뚫어 보는 듯한 커다란 싹이었다.

내가 "안녕히"라고 말하며 감자를 꼭 안자, 커다란 싹에서 한줄기 눈물이 흘러내렸다. 지하 거리로 가는 일은 분명히 이번이 마지막이다.

〈저자 주〉
* 본문 속에 일부 차별적인 단어가 포함되어 있는데, 이는 저자가 유년기와 아동기에 부모, 교사, 친구들에게 들은 말을 기록으로 남긴 글이라서 일부러 사용했음을 밝혀둔다.

4 부

꿈의 해방구—꿈 일기 1

시체가 쌓인 화장실 꿈

여기는 시공을 표류하는 바bar. 다 같이 밤중에 시부야*로 가서 I가 사랑했던 여자애를 꼬드겨 그녀도 한패에 넣는다. 하지만 시공의 연결고리가 사라져 지금은 물도 술도 손에 넣지 못하니 일단 현재의 수면에 떠올라 다른 바에서 그것들을 보급한다.

신칸센* 열차에 겉옷을 두고 다시 바로 돌아온다. 시간이 다 되어 급히 신칸센으로 돌아왔지만 안타깝게도 열차는 이미 떠난 뒤였다. 바에도 돌아가지 못하고 공중화장실에서 밤을 보내려 했지만 화장실에는 검은 소년들의 시체가 잔뜩 쌓여 있는 데다 그 시체들이 몸을 움직이기까지 해서 포기했다. 옆 빌딩의 원반 같은 개구부開口部에서 전단지 같은 것이 수도 없이 내려온다. 풍경으로 보아 아무래도 여기는 나고야의 나야바시*인 듯하다.

〈옮긴이 주〉
* 시부야(渋谷): 도쿄에 속하는 23개의 특별구 중 하나.
* 신칸센(新幹線): 일본의 고속철도.
* 나야바시(納屋橋): 나고야 중심부에 위치한 다리. 다리 주변의 번화가를 포함하는 지역 일대를 나타내기도 한다.

그랜드피아노를 운전하는 꿈

나는 자가용을 운전해 병원으로 가고 있다. 창문으로 비가 들이치는 게 싸늘해서 창문을 닫는다. 어느새 내가 앉아 운전하고 있는 건 그랜드피아노다. 병원에 다다르기는 했지만 주차공간이 꽉 차 있다. 턱이 있어서 피아노를 떠메고 내려서 주차할 공간을 찾아야 하니 여간 힘든 게 아니다. 마침 커다란 돼지*가 다가와서 기지를 발휘해 그랜드피아노를 테이블 아래에 밀어 넣어 주었다. 피아노는 테이블 아래에 딱 맞게 들어갔다. 훌륭한 주차장을 발견해서 기뻤다.

〈저자 주〉
* 커다란 돼지: 〈꿈의 해방구〉 멤버의 인터넷상의 닉네임.

기쁨의 거리를 가는 전차 꿈

나는 좁은 방 여러 개가 연결된 듯한 장소에 있다. 아무래도 내가 일하는 장소이자 전철의 차량 안이기도 한 모양이다. 거기에서 나는 고역을 치르고 있다. 파티가 시작되고 진수성찬이 차려진 순간 나는 배가 아파서 아무것도 못 먹고 다른 방으로 갔다. 그러자 구두가 없어졌다. 또 라디오카세트 전원을 켜고 제대로 나온다고 안심하고 있었더니 사실은 텔레비전 라디오카세트에서 텔레비전 부분이 모조리 도둑맞아 없어지고……. 또 누군가가 "U군은 살해된 게 아닐까."라고 말한다. 그러고 보니 매일 누군가가 피투성이 변사체로 발견되고 있었다. U군도 "내가 살해당해도 이상하지 않아요."라고 어제 말했다고 한다.

곧 전철은 거리 전체가 장난감 같은 분위기에 파란 지붕의 단층건물만 있는 기묘한 도로로 들어간다. 그곳은 '기쁨의 거리'라고 불리는데, 지붕에서 낚싯바늘처럼 생긴 문어 다리 같은 촉수가 도로로 뻗어 있다. 거리의 사람들은 그것으로 낚시하는 흉내를 내며 논다고 한다. 그런데 그 안에는 의문의 외국인 여성이 있고 그 여자는 '기쁨의 거리'라는 이름에 걸맞게 아하하하 웃으며 몇 개의 촉수로 내가 탄 전철을 엄청난 힘으로 꽉 옥죄었다.

새로운 버스의 활용법에 관한 꿈

버스를 탄다. 안은 레스토랑처럼 널찍하다. 좌석은 창가에 각 한 줄과 한가운데에 두 줄. 그런데 대부분의 자리는 역방향이라 앉고 싶지 않다. 자세히 살펴보니 정중앙에 있는 열에 딱 한 자리 순방향 좌석이 있어서 거기에 앉는다. 나중에 올라탄 젊은 여성이 운전수에게 종점까지의 소요시간을 물어본다. 대답을 들은 여성은 "어머, 그럼 비행기 출발 시간까지 정확히 90분 남았으니까 이걸 타고 갔다가 내리지 않고 되돌아오면 대기시간을 때울 수 있겠네요"라고 말한다. 그런 버스 활용법도 있구나 하고 놀란다.

옆쪽으로 타는 택시 꿈

　열차의 종점은 여기부터는 이제 산을 넘어야만 길이 있다는 쓸쓸한 역이었다. 나는 역에서 택시를 불렀다. 전화기 너머 담당자는 "미시시피라는 이름으로 올 거예요."라고 말한다. 조금 가보니 택시 한 대가 정차해 있고 어두운 얼굴을 한 한 청년이 좌석에 걸터앉아 있다. 내가 부른 택시일 것이다. 내가 '미시시피'라는 이름이 쓰인 궐련을 보여주자 정말로 운전수는 고개를 끄덕이며 문을 열어 주었다.

　하지만 운전수는 "자리를 채워서 앉아주세요."라고 말한다. 놀랍게도 합승택시였다. 더구나 좌석은 앞을 보는 게 아니라 옆쪽으로 앉는다. 헐렁한 인공피혁 아니면 질 나쁜 고무 감촉의 싸구려 좌석이다. 일행인 청년은 과묵하게 고개를 숙인 어두운 남자다. 띄엄띄엄 이야기를 들어보니 이 부근 빙하기 산에 사는 산악부족은 특산품으로 화투를 만든다고 한다. 그는 그 화투를 사들이러 가는 상인이다. 그런데 어차피 산에 오르는데 빈손으로 올라가면 아까우니까 그들에게도 여러 가지 물건을 팔러 간다고 한다.

전철 안에 있는 회사 꿈

내 회사는 신주쿠 역에 정차한 오다큐 전철 로망스카* 안에 있다. 회사에서 나가기 전에 나는 큰일을 보러 화장실에 들어간다. 화장실은 넓은 로망스카의 한 칸을 고스란히 사용하고 있었고, 이 주변은 플랫폼에 인적이 없어서 창문을 활짝 열어 놓은 상태이다. 창밖을 바라보며 용변을 보고 있자니 동료 I씨가 먼저 회사를 나와 눈앞의 플랫폼으로 걸어와서는 선로로 훌쩍 뛰어내렸다가 창 옆쪽을 통과해 반대쪽 플랫폼으로 다시 훌쩍 뛰어올라 또각또각 발소리를 내면서 걸어갔다. 길을 훤히 꿰고 있는 사원인지라 이런 지름길로도 다니는구나. 하지만 이렇게 되면 정면으로 용변을 보는 장면을 보이게 된다. 나는 손을 뻗어 창을 닫았다.

〈옮긴이 주〉
* 오다큐 전철 로망스카: 오다큐 전철이 운행하는 특급열차와 특급차량의 총칭.

211

수중 엘리베이터 꿈

나는 원숭이이기도 하고 새이기도 한 한 마리의 생명체로서 지내고 있었다. 드디어 그 생명체를 바깥세상으로 돌려보낼 때가 왔다. 나와 내 아니마*인 미소녀는 엘리베이터를 탄다. 그것은 수중 엘리베이터이다. 투명한 벽 너머 바닷속 엘리베이터는 뼈대뿐인 상자 형태로 대기하고 있다. 생김새는 감옥처럼 보인다. 소녀가 나에게 "자, 겁내지 말고 엘리베이터 버튼을 눌러요"라고 말한다. 버튼을 누르자 문이 스르르 열린다. 나는 순간적으로 바닷물이 밀려들어 오지 않을까 멈칫했지만 아주 약간의 물방울이 위쪽에서 흘러나왔을 뿐이다. 나와 소녀가 올라타자 생물체는 순순히 짐 보따리를 짊어지고 코알라처럼 엘리베이터 바깥쪽으로 달라붙는다. 우리는 올라간다. 나온 곳은 오다와라 역*의 가장 안쪽 플랫폼이다.

"0번 선으로 ○○행 마지막 열차가 들어오고 있습니다"라는 안내방송이 흐른다. 그러나 분명 이 안내방송은 특별한 사람에게만 들릴 터이다. 나는 벌써 현실의 세계로 돌아가야 하는가. 그렇게 생각하자 슬픔을 참을 길이 없었다. 그러나 마치 기적처럼 한 소녀가 나타나 엘리베이터에 올라타는 게 아닌가. 좀 전까지 있던 아니마와는 대조적이어서 안경을 썼는데도 촌스러운 느낌의 소녀였다. 다시 새로운 승객이 생겼다. 내려서 있던 나는 황급히 엘리베이터에 올라탔고 우리는 다시 아래로……, 보이지 않는 세계로 하강한다.

〈옮긴이 주〉
* 아니마(anima): 남성이 지니는 무의식적인 여성적 요소 혹은 고대 철학에서 생명이나 사고의 원리인 영혼이나 정신을 뜻한다.
* 오다와라(小田原) 역: 일본 가나가와(神奈川) 현 오다와라 시에 있는 철도역.

공중 식탁 꿈

북적거리는 교차점에 8층짜리 빌딩이 있고 그 옥상은
레스토랑이다. 그 레스토랑의 자랑은 옥상 울타리를 넘
어선 곳에도 테이블이 있다는 점이다. 그 테이블은 교차
점 바로 위에 있다. 기다란 테이블과 의자 다리가 몇 개
나 교차점 한복판에 기둥처럼 서 있고, 그 사이를 누비
며 자동차와 사람이 오간다. 아버지는 태연한 얼굴로 나
에게 "이리 오렴, 이리 오렴" 하고 말하며 나와 함께 그
공중 식탁에 이른다. 그리고 역시 아무렇지 않은 듯 웨
이터가 주문을 받고 식사를 가져다준다. 아래를 내려다
보니 현기증이 났지만 나 역시 아무 일도 아니라는 듯한
얼굴로 햄버그스테이크를 먹는다.

집에 있다. 현관 벨이 울린다. 나가 보니 수염을 기른
남성이 서 있다. 양손으로 공손하게 무언가 빛나는 것을
내게 내민다. 흰 밥덩어리의 옆쪽에 김이 둘러져 있고
밥 위에는 큰 연어 알들이 듬뿍 올라가 있었다.

얼굴에서 풀이 돋는 꿈

아침에 눈을 떠보니 옆 이불에 아내가 아닌 여자가 자고 있다. 그렇다. 생각난다. 아내가 자신은 다른 방에서 자고, 그 여자를 여기에 재웠다. 그러나 여자가 옆에 자는데도 나는 전혀 아무것도 느껴지지 않았고 여자도 느끼지 못하는 모양이다. 슬슬 일어나기로 한다. 거울을 들여다보니 내 머리는 물론이고 얼굴까지도 거대한 잔디 같은 잡초가 빼곡히 돋아 있다. 전기면도기로는 도저히 해결되지 않아 재단 가위를 가지고 나와 싹둑싹둑 잘라보지만 아무리 잘라도 내 얼굴은 잔디투성이다. 덕분에 한 시간이나 회사에 지각했다. 그런데 한가한 전원 풍경 속을 서둘러 회사로 가는 길에 손목시계를 언뜻 보니 정확히 평소와 같은 시각이다. 지금까지 일어난 일은 모두 꿈이었을까.

채소 머리를 한 노인 꿈

전철을 타고 있었다. 바로 앞자리에 딸과 병원에 가는 듯한 아저씨가 앉아 있다. 아저씨는 병이 있는지 노령인 탓인지 온몸이 흙에서 막 나온 우둘투둘한 채소 같다. 얼굴은 순무 같고, 뺨 위쪽은 꽃양배추 같고, 갈라진 틈은 깊다. 머리에 저렇게 틈이 있다면 대체 뇌는 어떤 모습일까. 팔과 손가락은 무 같아서 모공에는 녹색 뿌리털 같은 것이 빽빽이 돋아나 있다.

〈저자 주〉
* 인터넷상의 공동 꿈 일기 공간인 〈꿈의 해방구〉를 통해 실험했던 멤버들의 시를 테마별로 묶어 『꿈의 해방구』로 펴냈는데, 이번 장은 이 앤솔러지에 실린 작품 중에서 선정하였다.

5부

천일 밤의 꿈—꿈 일기 2

6월 12일의 꿈(핵전쟁 이후의 세상)

오후부터 니가타*로 출장을 가게 되었다. 세 시 반 출발 비행기를 타면 되니까 회사에서 여유 있게 출장준비를 한다. 회사 안에는 큰 옷장이 있고 그 서랍에 와이셔츠와 넥타이가 들어 있다. 서랍을 열어보니 넥타이가 있기는 했지만 흰 바탕에 유채꽃 빛깔의 노란 체크무늬가 들어간 것만 있었다. 이건 별로인데. 어쨌든 와이셔츠로 갈아입은 뒤 거울을 들여다본다. 깜짝 놀랐다. 목 주위에 쇄국시대의 나가사키* 데지마 섬* 그림에 나오는 네덜란드인처럼 큰 옷깃 장식이 달려 있고, 그 위쪽으로도 엄청나게 큰 장식이 붙어 있어서 흡사 목도리도마뱀 같다. 당황해서 그 장식들을 가위로 잘라낸다. 바지를 입는다. 허리가 갑자기 줄어든 것 같다. 몇 번이나 벨트를 꽉 조였음에도 바지가 헐렁하다. 주위에 젊은 여자들이 많아서 무척 창피하다.

그렇게 난리법석을 피운 후에 어쨌든 전철을 탄다. 핵전쟁이 발발한 이후 바깥 경치는 확연히 달라졌다. 황량하기 그지없는 모래언덕 풍경이 펼쳐진 이곳이 도쿄라니 믿을 수 없다. 오염된 길고 좁다랗고 거무스름한 물웅덩이가 있고, 그곳에는 한 번도 본 적 없는 수생 생물들이 꿈실거린다. 방사능으로 인한 돌연변이이리라. 나는 그것을 가리키며 다른 승객들에게 "저기 봐요! 정겨운 풍경이에요! 옛날 강 같아요!"라고 외친다.

어느 역에서 어두운 얼굴을 한 한 남자가 승차한다. 그는 방사능 돌연변이로 태어난 돌연변이체의 일종으로 가볍게 무언가를 부탁하면 그것을 끝까지 완수하기 위해 목숨까지 바치는 경향이 있어서 주의해야 한다. 그런데 동료 W군이 그에게 무언가를 의뢰했다고 한다. 큰일이 나겠다고 직감한 나는 W군을 택시에 태워 달아나게 했다. 그건 분명 택시 형태를 하고 있었지만 그냥 철로 된 상자(어쩐지 관 같다고 꿈속에서 생각한다)라서 제 힘으로 주행하지 못한다. 전철이 지하를 달리므로 다른 승객들과 함께 그 철로 된 상자에 들어간 W군을 지상으로 끌어올리기 위해 안간힘을 쓴다. 그러는 사이에 시간이 점점 흘러간다. 도저히 니가타행 비행기 시간을 맞추기 힘들 거라 생각한다.

〈옮긴이 주〉
* 니가타(新潟): 일본 혼슈(本州) 중부 지방 동북부의 동해에 면한 현.
* 나가사키(長崎): 일본 규슈(九州) 나가사키 현의 현청 소재지.
* 데지마(出島) 섬: 1634년 에도 막부의 쇄국정책의 일환으로 나가사키에 건설된 인공 섬.

9월 20일의 꿈(강아지 살해)

　큰 강의 둑 위를 걷고 있으니 물가의 흙 속에서 매미가 날개돋이하려는 참이었다. 나는 내 힘을 과시하고자 그 가냘픈 매미를 후려갈긴다. 구멍에서 나온 매미는 어느새 강아지로 변하여 내게 얻어맞은 탓에 코에서 점액이 흘러나온다. 당장에라도 죽을 것 같은 중상임에도 무구한 강아지는 나를 향해 "나는 네 번째로 태어나서 행복했어."라고 일본어로 말한다. 나는 강아지에게 그런 지성이 있다는 사실에 놀라면서 그런 지성이 있는 생물을 죽이려고 한 사실이 무서워져서 오른손으로 강아지를 쫓아버린다. 강아지는 위쪽에서 굴러떨어져 시야에서 사라진다. 나는 망연히 선 채 움직이지 못한다.

11월 6일의 꿈(미닫이문 밀실)

출장에서 도쿄로 돌아왔을 때는 밤 열한 시쯤이었다. 내가 있는 곳은 자동차가 끝없이 달리는 도로이지만 거리 중심에서는 한참 떨어진 쓸쓸한 장소. 늘 여기에서 택시를 타고 집에 돌아간 터라 옆에 있는 아버지(실제로는 25년 전에 돌아가셨다)에게 "택시 타고 갈까요?"라고 묻는다. 아버지는 "그러자."라고 대답하고는 갑자기 모퉁이를 돌아 멀리 보이는 지하철역 쪽으로 달려가 버리고 더는 모습이 보이지 않는다. 택시를 잡으러 간 걸까? 택시 승차장이 저쪽에 있더라도 이런 늦은 밤에는 줄이 꽤 길지 않을까. 나는 함께 출장에서 돌아온 M씨 일행이 버스 정류장에 있는 모습이 보인다. '○○행 버스'라는 소리도 들려온다. 보고 있으니 그 버스가 골목에서 불쑥 튀어나와 그들을 태우고 가버린다. 내 귀갓길과는 반대쪽으로.

내 주위에는 아직 돌아갈 수단을 찾지 못해 오도 가도 못하는 사람들이 몇 명인가 있다. 아무리 기다려도 아버지는 돌아오지 않는다. 어떻게든 해보려고 나는 걷기 시작한다. 한 사람이 두 마리의 개를 끈에 매고 서 있다. 한 마리는 불도그이다. 두 마리 사이를 빠져나가며 혹시

물리지는 않을까 조금 불안해진다. 하지만 개는 온순하다. 그 순간 가까이에 있던 할머니가 "지진이다! 저기봐, 무너진다고!"라고 외치며 교차점을 대각선으로 내달리기 시작한다. 확실히 도로에 면한 허름한 집들이 쓰러질 듯 기울어져 있지만 원래 이렇지 않았을까 하는 생각도 든다.

손목시계를 본다. 11시 반이다. 집에 돌아갈 수 있을지점점 걱정이 되고 불안이 커진다. 아내가 자동차로 여기까지 마중 나와 주면 좋으련만.

갑자기 장면이 바뀌어 나는 이불 속에 있고 아내의 이름을 부르고 있다. 이불에 가려져 보이지는 않지만 아내가 방으로 들어온 것 같은데 아내는 나를 알아채지 못한모양이다. 나는 필사적으로 아내를 불러보지만 목소리가 너무 작아서 아내는 나가버린다.

가까스로 이불을 걷어보니 내가 있는 곳은 상하좌우를미닫이 문살이 쌍곡선을 그리며 에워싸고 있는 사차원공간이다. 나는 여기를 탈출하지 못할지도 모른다. 천장에 흰 커튼을 뭉쳐놓은 듯한 것이 매달려 있다. 나는 "그렇지! 음악이 있었지!"라고 소리친 다음 커튼 같은 것을 잡아당긴다. 그러자 그것이 마루로 떨어져 젊은 남자로 변신한다. 남자는 나에게 "나는 음악이다. 자, 내가 왔으니 음으로 모두를 부르자!"라고 말한다. 그리고 나와 음악은 둘이서 리듬을 붙여 미닫이문 벽을 두드리며 돈다. 이 소리를 밖에 있는 누군가가 들을 수 있도록…….

12월 23일의 꿈(가짜 자신과 화장실에서 사투)

　화장실에 들어가서 변기에 앉으려고 하는데 뭔가가 엉덩이를 가로막았다. 뒤돌아보니 변기에는 이미 내가 앉아 있다. 심지어 내 모습은 오물을 뒤집어쓴 너덜너덜한 걸레 같았다. 깜짝 놀란 나는 그 나를 흘려보내려고 수세 장치를 눌렀다. 콸콸 물이 넘쳐흐르는데도 지저분한 나는 떠내려가지 않는다. 그때 어디선가 세 번째 내가 나타난다. 나와 조금도 닮지 않았지만, 가슴에 '라벨'이라고 쓴 라벨을 붙인 가짜였다. 두 명의 가짜, 나는 나를 붙잡아 창문 밖으로 내쫓으려고 했다. 창밖에는 라플라타 강*이 흐르고 있다. 나는 라플라타 강으로 떠내려가지 않으려고 두 명의 나에게 저항했다. 사투가 시작되었다.

〈옮긴이 주〉
* 라플라타 강(La Plata): 남아메리카의 아르헨티나와 우루과이 사이를 지나 대서양으로 흘러 들어가는 강으로, 하구의 폭이 200㎞가 넘어 세계에서 가장 넓다.

2006년
1월 9일의 꿈(택시 안의 사생아)

오랜만에 시문학상을 받았다(현실은 아니다). 지금은 저녁 7시 반. 이 소식을 학창시절 시 동아리의 선배인 O씨에게 알리러 갈 참이다. 여기는 나고야이고 O씨는 다지미*에 살고 있으니, 택시를 타면 8시에는 O씨의 집에 도착할 것이다. 현관에서 5분 정도 간단히 이야기를 나눈 다음 집에 돌아와야지.

그러나 한참 지났는데도 택시는 여전히 나고야 시내를 달리고 있다. 운전기사는 "피곤한데 잠깐 쉬었다 가요." 라며 대뜸 속도를 늦추더니 나를 조수석에 태운 채 문을 열고 도로로 뛰어내렸다. 으악! 나는 핸들을 잡고 택시가 완전히 멈출 때까지 브레이크를 밟았지만 택시는 갓길 밖으로 벗어나고 말았다. 하지만 다행히 곧바로 도로로 돌아왔다.

문득 정신을 차려보니 어느새 모르는 남자 아이가 뒷좌석에 앉아 있다. "내리렴."이라고 말하자 순순히 내렸다. 그러나 택시가 달리기 시작하자 차 안 여기저기에 숨어 있던 아이들이 연달아 나타난다. 갓난아기를 업은 아이를 포함해 여자애만 여섯 명이다. 하는 수 없이 아이들을 잔뜩 태우고 다지미로 향한다. 8시가 넘었지만 아직 다지미에 도착하려면 멀었다.

　다시 정신을 차렸을 때 나는 어느새 택시에서 내려 도로 위에서 한 아이와 정신없이 이야기를 나누고 있다. 그런 나를 기다리다 지친 택시가 제멋대로 달려갔다. 창밖으로 얼굴을 내민 운전기사가 지금까지는 남자였지만 어느새 젊은 여자로 바뀌어 있다. 나는 어쩐 일인지 여자의 이름을 알고 있었는데 그 이름을 부르며 차를 멈춰 세우려고 했지만 택시는 계속 달려 자취를 감추었다. 나와 아이는 전동 휠체어 같은 것을 타고 택시를 뒤쫓는다. 큰 교차로에서 사방을 둘러보아도 택시의 모습은 보이지 않는다.

　나와 아이는 하는 수 없이 테마파크 같은 곳에 들어간다. 동굴이 있고, 동굴에 뚫린 구멍 너머로 워터 슈트가 보인다. 젊은 커플이 헤어지자며 말다툼을 하더니 여자가 워터 슈트의 스위치를 켜 버린다. 그 여자를 포함해 주위에 있던 여자 10명 정도가 줄다리기하듯 밧줄을 잡은 채 "까악!" 하고 비명을 지르며 순식간에 미끄러져 내려가 바닷물 속으로 빨려 들어간다. 여자들이 사라지고 난 뒤 철썩 하고 커다란 파도가 쳐서 내 발을 적신다.

나는 함께 온 아이를 뒤돌아본다. 열한두 살쯤 먹은 소녀였다. 나는 소녀의 어깨를 감싸 안으며 "정말로 사랑한 건 너였어. 물론 부모와 자식으로서 말이야."라고 말한다.

〈옮긴이 주〉
* 다지미(多治見): 일본 기후(岐阜) 현 남부에 위치하는 시.

7월 26일의 꿈(여자 마법사)

퇴근길에 전철을 잘못 갈아탔다. 내려보니 나카노 역*
이었다. 다시 전차를 타고 신주쿠로 돌아갈까 생각했지
만, 어느덧 8시 10분 전이다. 집에 너무 늦게 도착할까
봐 역 앞에서 택시를 타기로 한다.

도로 이쪽 편에서는 빈 차가 잡히지 않아서 반대쪽으
로 건너가서 마침 다가오는 택시를 잡았다. 그런데 택시
인 줄 알았던 그것은 여자 마법사였다. 마법사는 나를
안고 마법의 힘으로 집까지 단숨에 날아갈 수 있다고 말
했다. 기꺼이 마법사에게 안기자 내 몸이 공중으로 두둥
실 떠올랐다. 눈을 감고 비행으로 인한 기분 좋은 흔들
림에 몸을 맡긴다. 슬슬 도착했나 싶어 눈을 떠 본다. 마
법사는 울먹이며 "조금도 날지 못했어. 우린 아직 세타
가야 구*에 있어."라고 말한다.

〈옮긴이 주〉
* 나카노(中野) 역: 도쿄도 나카노 구에 있는 JR 동일본 주오(中央) 본선 및
  도쿄 지하철 도자이(東西) 선이 환승하는 역.
* 세타가야(世田谷) 구: 도쿄에 속하는 23개의 특별구 중 하나.

8월 8일의 꿈(칠흑 같은 어둠)

밤. 나고야의 생가에 가는 길에 가쿠오잔*에 있는 언덕에 다다랐다. 이제 비탈길만 내려가면 바로 생가다. 그 순간 온 세상이 정전된 듯 깜깜해지고 아무것도 보이지 않는다. 그래도 여기서 생가까지 가는 길은 손바닥 보듯 훤히 알고 있으니까 기어서라도 가야겠다.

〈옮긴이 주〉
* 가쿠오잔(覚王山): 일본 아이치 현 나고야 시 지쿠사(千種) 구에 있는 지역.

8월 12일의 꿈(하라주쿠*의 홍수)

　회사의 방 하나에 빈틈없이 이불이 깔려 있다. 사방의 벽도 온통 청록색 이불로 덮여 있다. 나는 회사에서 밤을 새우고 오후 4시에 퇴근할 참이다. 회사를 나와 택시를 탄다. 그곳은 예전 회사가 있던 하라주쿠의 거리. 홍수가 난 거리의 도로 위에 흙탕물이 넘쳐흐른다. 어디에서 물이 흘러왔는지 살펴보니 길 건너 빌딩 꼭대기에서 물이 콸콸 쏟아지고 있다.

　택시를 탔더니 운전석이 뒷좌석에 있고 내 앞에는 앞유리가 있다. 경치는 아주 잘 보였지만 다른 차와 충돌할까 봐 조금 겁이 난다. 도로에는 홍수 처리를 위한 작업 차량이 여러 대 나와 있었는데, 양옆으로 그 차들이 늘어선 한가운데를 택시가 달린다. 작업 차량이 문을 열거나 작업자가 내려 작업을 시작하려 하기에 언제 택시가 그 사이에 고립되어 갇힐지 몰라 마음을 졸인다. 그렇지만 택시는 능수능란하게 그곳을 빠져나가 느리기는 하지만 꾸준히 앞으로 나아간다. 이 상황에 이 길을 지나가는 건 분명 내가 탄 택시가 마지막이리라.

〈옮긴이 주〉
* 하라주쿠(原宿): 일본 도쿄 시부야(渋谷) 구의 야마노테 선 하라주쿠 역 주변 지역. 도쿄의 패션 1번지로 꼽히는 젊은이의 거리다.

11월 11일의 꿈(카메라가 달린 캔맥주)

오랫동안 동거 생활을 한 회사 여자 동료가 드디어 정식으로 결혼을 하는 모양이다. 결혼 후의 운명을 알려주는 기계가 있다. 저울판 같은 곳에 목을 올려놓으면 입이 저절로 움직여서 결혼 후의 미래를 예언해 주는데, 그때 머리 위에서 연기가 한 줄기 피어오른다.

대청소 중에 청소기를 돌리고 있다. 문득 벌레를 빨아들였다는 걸 깨닫고 자세히 살펴보니 오랫동안 깔아놓고 개어본 적 없는 내 이불 끝자락에 빽빽하게 온갖 벌레가 여러 줄로 줄지어 모여 있다. 그중에는 작은 쥐도 있었는데, 모두 꼼짝 않고 멈춰 있다. 지저분해서 청소기로 쭉 빨아들였지만 금세 입구가 막혀버려서 빨아들이지 못한다.

호텔에서 욕조에 더운물을 받는다. 충분히 찼을 때쯤 보러 갔더니 물은 이미 넘쳐흘러 문지방을 넘어 복도까지 흘렀다. 황급히 욕조 마개를 빼고 커튼을 쳐서 사람들이 보지 못하게 욕조를 숨긴다.

취재를 위해 모 회사의 리조트 시설에서 묵고 있다. 모 회사는 카메라가 달린 캔맥주를 개발하여 크게 인기를 끌고 있다. 나는 프로 취재기자로서 그 캔맥주 카메

라로 모두를 촬영해야 하지만 사용법을 잘 몰라서 제대
로 찍을 수 있을지 불안하다.

11월 19일의 꿈(인생의 역)

근처 역까지 전차를 타고 갔다 오기로 한다. 자판기에서 130엔짜리 승차권을 사야 하는데 동전이 들어가지 않는다. 자판기는 여러 종류인데 내가 표를 사려 한 기계 아래에는 '기타 등등'이라고 적힌 자판기가 있다. 이 자판기에서도 표를 살 수 있을 것 같아서 동전을 넣자 기계가 아니라 옆에 있는 창구에서 남자 역무원이 회수권처럼 여러 장이 묶인 표를 건네준다. 그런데 자세히 보니 전차 승차권이 아니라 '사랑의 어떤 것'이라는 이름의 찻집인지 술집인지의 회수권이다.

나는 그 회수권을 가지고 쉽게 역 안으로 들어간다. 다행히 개찰구가 없어서 그대로 선로를 건너 플랫폼으로 올라간다. 방금 건넌 선로에 화물열차가 달려온다. 지금 건너려는 선로에는 객차가 반대 방향에서 달려온다. 객차의 기관사가 내게 "그 화물열차는 길어. 부디 인생의 의미를 잘 봐 두도록 해."라고 외치더니 손가락으로 어느 한 지점을 가리킨다. 그곳에는 비석 같은 것이 서 있다. 마침 내 뒤에서 선로를 건너려고 따라오던 노인과 함께 그것을 바라본다.

전차를 타고 원래 역으로 돌아온다. 조금 전 역에서

승차권 없이 들어간 탓에 이번 역에서 밖으로 나오지 못할까 봐 걱정이다. 아니나 다를까 모든 개찰구에 막대가 쳐져 있어서 나는 역에서 나오지 못한다.

12월 9일의 꿈(새로운 몸을 사다)

타고 있는 배가 가라앉아간다. 이미 상당히 가라앉은
뒤인지 숨이 막힌다. 물속에서도 끄떡없을 정도로 훌륭
한 몸을 1,000엔 정도에 팔고 있다기에 돈을 주고 황급
히 그 몸을 샀다.

2월 15일의 꿈(나에게 가는 버스)

버스터미널에서 버스를 기다린다. 그 버스를 타면 1시간 안에 시내에 사는 저자의 집에 도착할 수 있다. 그런데 나는 아무래도 타야 할 버스의 출발 안내를 놓친 모양이다. 터미널 안쪽에 있는 대합실에 있던 나는 서둘러 입구로 달려가 보았지만 타려고 했던 버스의 모습은 보이지 않는다. 택시를 타야겠다고 생각한다.

가만히 보니 표지판에 다양한 행선지가 적힌 버스들이 출발하고 있다. 마지막으로 행선지 표지판에 내 이름이 적힌 버스가 다가왔다. 이 버스는 가장 멀리까지 간다.

4월 10일의 꿈(엘리베이터)

어느 빌딩에서 1층에서 2층으로 가려고 엘리베이터에 탄다. 젊은 커플도 함께 탄다. 엘리베이터의 가로 너비는 여느 엘리베이터와 비슷한데, 입구에서 뒤쪽 벽까지의 깊이는 한 사람이 겨우 탈 수 있을 정도다. 게다가 엘리베이터 중앙에는 엄청나게 거센 바람이 불고 있어서 '2층' 버튼을 누르기도 만만치 않다. 젊은 커플도 "괜찮으세요?"라고 나를 걱정해 주면서 "까악, 까악!" 하고 소리를 지른다.

엘리베이터에는 창문이 있는데 창밖을 보니 엘리베이터는 모노레일처럼 한 줄로 된 레일 위를 달려 옆으로 나아갔다. 제트코스터처럼 오르락내리락하며 공중에 뜬 채 전혀 다른 장소로 달려갔다. 이 빌딩의 2층은 꽤 떨어진 곳에 있다.

엘리베이터는 계속해서 달려 선로도 없는 콘크리트 위를 지나간다. 맞은편에 두 줄로 된 평범한 철도용 레일이 있고, 엘리베이터는 그 레일을 타고 역의 플랫폼으로 달려든다. 젊고 조금 살찐 남자 역무원이 플랫폼이 아닌 레일 위에서 엘리베이터를 유도하다가 엘리베이터가 몸에 닿기 직전에 플랫폼으로 뛰어올라 수동으로 문을 열어 주었다.

가까스로 '2층'에 도착했다. 커플은 입장권의 반 토막을 역무원에게 내밀고 안으로 들어갔다. 그렇지만 나는 입장권이 있어야 하는지 전혀 몰랐다. 코트며 윗도리, 바지 주머니를 뒤져봤지만 나오는 건 쓰레기뿐이었다.

8월 28일의 꿈(스무 번째 아들과 에노겐*)

기타를 치면서 노래하고 있다. 가사는 "장남이 이렇게 슬프네. 둘째 아들이 이렇게 슬프네. 셋째도 넷째도 슬프네. 우리가 이렇게 슬픈데 스무 번째 아들은 얼마나 슬플까."이다.

관광버스를 타고 히비야 공원* 주위를 달리고 있다. 가이드는 에노겐이다. 문득 돌아보니 창밖 풍경이 흑백이다. 게다가 옛날 히비야의 풍경이다. 연못 너머로 울퉁불퉁한 산맥이 있다. 예전에 이 자리에 산이 있었다니 놀랍다.

〈옮긴이 주〉
* 에노겐: 에노모토 겐이치(榎本健一, 1904~1970)의 애칭. 일본의 배우, 가수, 코미디언. '일본의 희극왕'이라 불린다.
* 히비야(日比谷) 공원: 일본 도쿄 지요다(千代田) 구에 있는 공원.

2008년
2월 17일의 꿈(휴대전화가 연결되지 않는다)

저녁 무렵 회사에 촬영용 소품이 도착했다. 밤이 되어 그것을 챙겨 들고 하라주쿠 스튜디오로 촬영을 하러 갔다. 아뿔싸, 중요한 장비를 회사에 두고 왔다.

소품을 좀 가져다 달라고 라포레 하라주쿠 앞에서 누군가에게 휴대전화로 전화를 걸었다. 그런데 이상하게 휴대전화의 숫자 버튼이 제멋대로 건너뛴 채 쓰여 있는데다 산타클로스의 얼굴 같은 아이콘이 숫자 대신 주르르 붙어 있다. 그 탓에 몇 번이나 틀리게 누른다. 문득 정신을 차려보니 휴대전화가 아니라 라포레의 윈도에 붙어 있는 비슷하게 생긴 아이콘을 누르고 있다. 가까스로 맞는 번호를 눌렀지만 신호가 가지 않는다. 귀에 댄 휴대전화에서 여성의 컴퓨터 보이스가 흘러나온다. 발신버튼을 누르라는데 그게 어디에 있는지는 모르겠다. 겨우 발신 버튼이 오른쪽 아래에 있음을 발견하고 눌러보니 또다시 컴퓨터 보이스가 "고객님이 누르신 번호에 여러 건의 메시지가 들어 있으니 원하시는 메시지를 선택해 주십시오."라고 한다. 메시지를 들어보니 전혀 상관없는 것들뿐이다.

몇 번이나 시도한 끝에 드디어 전화를 걸었다. 하지만

전화를 받은 쪽은 회사가 아니다. 상대는 "잘못 걸었습니다."라고 말한 뒤 바로 끊어버린다. 다시 한 번 걸어본다. 이번에는 어떤 남자가 "Y입니다. 그런데 지금 멀리 와 있어서요……."라고 말한다. 누구인지 몰라서 내가 먼저 황급히 "잘못 걸었습니다."라고 말하고 전화를 끊는다.

결국 전화 걸기를 포기하고 하라주쿠에서 공중전화를 찾는다. 그렇지만 하라주쿠에는 공중전화가 없다.

어느새 회사에 돌아와 있다. 마침 인쇄소 K씨가 소품을 들고 와서 "스튜디오 주소를 가르쳐주면 자동차로 가져다 줄게요."라고 동료에게 말하고 있다. 반갑게 K씨에게 말을 걸었지만 다른 동료가 다른 용건으로 동시에 내게 말을 건 탓에 K씨에게는 내 목소리가 전달되지 않는다.

3월 12일의 꿈(약한 지반과 위장 기계)

문득 어떤 풍경을 사진에 담고 싶어서 낯선 땅에 들어갔다. 정신없이 셔터를 누르다가 정신을 차려보니 땅이 이상하다. 새까만 흙이 빗물에 침식되어서인지 온통 죽순을 꽂아 놓은 듯 원뿔 모양의 흙 탑이 줄지어 있고 그 뾰족한 끝에 내가 올라타 있다. 위의 탑이 무너지면 떨어지고 만다. 얼마나 약한 지반 위에 서 있었는지 깨닫고 새삼 놀란다.

공장 안에 있다. 여기는 위장된 공장이다. 도면에 따르면 이 공장에 놓여 있는 기계는 그 사람의 손바닥 모양으로 금속을 뚫기 위해 만들어졌는데 그 맞은편에 놓여 있는 것은 원자력 발전소용 금형을 뚫기 위해 만들어진 위장 기계다. 사장님과 영업부장이 그것을 유심히 보고 있다.

3월 19일의 꿈(귀 뒤에 난 손바닥)

면도를 하려고 거울을 보니 오른쪽 귀 뒤에 톡 튀어나온 돌기가 있다. 잡아당기자 새가 날개를 펼치듯 넓게 펼쳐졌다. 이럴 수가. 꼭 오른쪽 손바닥처럼 생겼다. 다섯 개의 손가락이 달렸다. 왼쪽 귀 뒤도 살펴보니 오른쪽 귀만큼 크지는 않지만 역시 귀 뒤에 작은 왼쪽 손바닥이 나 있다.

4월 20일의 꿈(천황이 되다)

　나는 천황이다. 아침을 먹는다. 천황이기 때문에 식탁에는 매일 아침 일본 음식부터 양식까지 온갖 메뉴가 차려져 있어 먹고 싶은 대로 골라 먹으면 된다. 평소에는 빵을 먹지만 오늘 아침에는 장난기가 발동해 죽을 먹겠다고 했다. 젊은 주방장이 "천황 폐하는 뭘 드실지 종잡을 수가 없어."라고 투덜거리는 목소리가 들리지만 못 들은 척한다. 계속해서 일본 음식을 먹는데 눈앞에 산더미 같은 케이크가 보여서 무심결에 하나 먹는다. 맛있다. 딸기 쇼트케이크며 초콜릿 케이크 같은 온갖 양과자들이 쌓여 있어서 나도 모르게 자꾸 손을 뻗어 집어먹는다.

6월 28일의 꿈(여성의 시체를 먹다)

모두와 함께 마룻바닥에 모여 앉아 점심을 먹는다. 내 도시락은 투명 파일북에 든 말린 여성의 시체다. 한 페이지마다 인종과 성격이 다양한 젊은 여성들의 시체가 작게 줄어든 채 들어 있다. 개중에는 벌써 약간 변색된 것도 있다. 페이지를 넘기며 되도록 아직 변색이 되지 않은 신선해 보이는 시체를 골라 입에 넣는다. 몹시 달다. 먹다가 이런 걸 먹고 있는 모습을 들키면 창피할 것 같아서 파일북을 급히 숨긴 다음 빌려 온 모 재단에 돌려주러 간다.

2009년
1월 12일의 꿈(쇼와 천황*의 아들)

아버지가 유람선을 태워준다며 나를 항구에 데려가서는 승선권 판매소에서 표까지 사 주었다. 나는 다 큰 어른이고, 아버지는 벌써 돌아가신 지 30년이나 지났는데 아버지 앞에서는 언제나 어린아이처럼 고분고분해진다.

유람선이 출발하기 전에 아버지는 여기서 기다리라며 나를 레스토랑에 내버려두고 어디론가 가버렸다. 나는 레스토랑 야외 테이블에 앉아 있다. 실내 테이블에는 계속해서 요리가 나오는데 야외 테이블에는 아무것도 가져다주지 않는다. 다른 손님이 여성 종업원에게 불평하자 종업원은 신경질적으로 "여기는 안에 있는 가게와는 전혀 다른 가게라 자전거로 요리를 가져온다고요."라고 말했다. 겨우 요리가 도착했지만 역에서 파는 차갑게 식어버린 도시락이었다.

그나저나 출항 시간이 다가오는데 아버지는 왜 이리 늦는담. 가까스로 아버지가 도착했다. 돌아온 나의 아버지는 다름 아닌 쇼와 천황이었다.

〈옮긴이 주〉
* 쇼와(昭和) 천황: 1926년부터 1989년까지 일본을 통치한 천황이며, 쇼와는 연호이다.

246

10월 27일의 꿈(인육을 먹다)

집에 먹을 음식이 하나도 없다. 아내가 "인육은 며칠 정도면 썩을까?"라고 말한다. 나는 흠칫 놀라서 "쓸데없는 소리 하지 마."라고 대꾸한다. 식사시간이 되자 어머니인지 아버지인지 둘 중 한 사람이 "누가 가서 고기 좀 가져 오너라."라고 말한다. 아무도 가지러 가지 않는다. 어머니가 어딘가에서 구해왔는지 어느새 식사가 차려져 있다.

지금 우리 집은 개축공사 중이라 목수 몇 명이 집 앞 공터에서 낮잠을 자고 있다. 목수들에게도 식사를 제공해야 한다. 나는 그릇에 든 우동 같은 것을 하나 들고 가서 그중 한 명에게 건넨다. 하나씩 나르려니 너무 느리다. 나는 쟁반을 찾아 그 위에 사람 수대로 담아서 옮기려고 했지만 발이 걸려 넘어지는 바람에 하나를 떨어뜨리고 만다. 이것은 우동처럼 보이지만 인육이다. 어차피 부정한 음식이니 떨어뜨려도 괜찮다. 나는 바닥에 떨어진 우동을 주워 그릇에 넣은 다음 목수들에게 건넨다.

목수들이 식사를 시작하려는 순간 갑자기 주변이 깜깜해진다. 굉음과 함께 바람이 불어오더니 집 벽에 불이 붙는다. 내 옷에도 불이 옮겨붙는다. 서둘러 비벼 끈다.

기관총 소리가 울려 퍼진다. 우두커니 서 있던 나는 정신을 차리고 황급히 바닥에 엎드린다. 문을 차 부수고 총을 든 사람들이 몰려든다. 우리가 잡아먹은 피지배 민족 사람들의 봉기다. "살아 있는 놈을 찾아!"라고 남자가 말한다. 무장한 사람들이 일제히 죽은 척하고 있던 나를 간질이기 시작한다. 나는 참지 못하고 "그만해. 죽일 테면 빨리 죽여!"라고 소리치며 일어난다. 사람들이 겨눈 총구에서 당장에라도 불이 뿜어져 나오려고 한다.

11월 26일의 꿈(입석 택시)

외근을 나가야 하는데 그곳은 전차를 몇 번씩 갈아타야 하는 곳이다.

첫 번째 전철을 탄다. 창밖으로 눈 쌓인 후지 산*이 커다랗게 보인다. 앗, 벌써 야마나시*인가 보다. 내릴 역이 가까웠으므로 문 쪽으로 자리를 옮긴다. 가방이 어딘가에 걸렸음을 알아차린다. 문에 낀 줄 알고 순간 아찔했지만, 다행히 좌석과 차체 일부에 걸려 있다.

첫 환승역에서 시간을 때우려고 레스토랑에 들어간다. 어느 극단이 공연을 하고 있다. 오늘이 공연 첫날이라고 한다. 누구나 무대에 올라가 참여해도 된다고 한다. 오늘 공연에 참여한다는 여성과 말을 주고받다가 친해져서 그녀에게 "앞으로 외근을 다니며 매일 여기를 들를 테니, 나도 언제 한번 꼭 출연하겠소."라고 말한다.

다음 전차를 타기 위해 다시 역으로 가다가 안약을 냉장고에 넣어 놓고 가져 오지 않았다는 걸 알아차린다. 심지어 다른 안약을 가져오고 말았다.

레스토랑은 높은 곳에 있어서 그곳에서 지상으로 내려오려면 엘리베이터를 타야 한다. 그녀와 둘이서 엘리베이터를 타려고 하는데 낯선 남자가 다가와 셋이서 엘리베이터를 탄다. 엘리베이터는 사방의 벽과 바닥, 천장이 모두 유리로 된 투명 엘리베이터다.

지상에는 손님을 기다리는 택시가 있다. 셋이서 택시를 타자 중년 운전기사는 아무 말 없이 달리기 시작했다. 여기서 택시를 타는 손님은 백이면 백 역으로 가는 모양이다. 나와 여성은 뒷좌석에 타고 있고, 의자가 없어서 둘 다 서 있다. 작은 택시라서 그런가 보다.

〈옮긴이 주〉
* 후지(富士) 산: 일본의 혼슈 중앙부인 시즈오카(靜岡) 현과 야마나시 현의 경계에 있는 휴화산이며, 해발 3,776m로 일본에서 가장 높은 산이다.
* 야마나시(山梨): 일본 혼슈 내륙부에 위치하는 현.

12월 6일의 꿈(혁명)

정부에 반대하는 시민 혁명군이 무력항쟁에 나섰다. 그러나 이 혁명군은 무기가 없다. 비무장 부대이다.

시민군은 은행을 점거하고 안에 있던 사람들을 밖으로 몰아냈다. 그 부대와 교대하여 밖에 남아 있던 부대가 안으로 들어갔다. 밖에 남은 이는 나와 어떤 남자뿐이다.

그 남자는 "우리의 대통령이십니다."라며 나를 시민들에게 소개한다. 시민들 가운데 A 카메라맨이 싱글거리며 "휴가에서 돌아오자마자 일복이 터졌군요."라고 말한다. 나도 웃었다. 결국 우리의 혁명은 진압되고 대표자인 나는 제거될 것이다.

도○타 사장을 비롯해 재벌가에서는 근친혼이 끊이지 않는 것으로 밝혀졌다. 그들의 혈통에는 특수한 능력을 가진 돌연변이체가 대대로 나타난다. 그 혈통이 '끊이지' 않도록 근친혼을 하는 모양이다.

전통 난방기구인 고타쓰의 네모난 틀 같은 것을 둘러싸고 남자와 거래에 대해 의논하고 있다. 남자는 아주 키가 크다. 나는 갑자기 오줌이 마려워 일어서서 그 고타쓰 틀 안에 오줌을 눈다. 남자도 황급히 자리에서 일

어나고 반대쪽에 있던 다른 남자는 몸을 돌려 밖으로 나
간다. 한순간 그는 어른으로 보였지만 다음 순간에는 어
린아이로 바뀌어 있다.

　이윽고 거래 이야기를 하던 남자와 나는 이야기를 계
속하려고 자리에 앉는다. 고타쓰 틀 안에는 내 오줌이
찰랑찰랑 차 있어서 남자는 거기에 발이 빠지지 않도록
몸을 잔뜩 기울여 반대쪽으로 발을 내디뎠지만 발이 미
끄러져 오줌 속으로 텀벙 빠지고 말았다. "이건 제 오줌
입니다."라고 말하며 나는 씁쓸하게 웃는다.

2010년
9월 10일의 꿈(지하 네트워크)

오차노미즈 역으로 들어간다. 개찰구는 원형 울타리로 둘러싸여 있고, 두 군데에서 역무원이 표를 확인한다. 한 곳에 표를 집어넣었지만, 다른 승객들은 다 통과하는데 나만 들어가지 못한다. 시치미를 떼고 반대쪽 역무원에게 간다. 역무원이 들어가는 법을 알려 주어서 겨우 들어간다. 플랫폼에 가려면 수직의 사다리를 올라야 한다. 중간에 다른 사다리로 옮겨 타 가며 어렵사리 플랫폼으로 나간다.

식당에 들어간다. 많은 사람들이 몇 개의 원탁을 둘러싸고 식사를 하고 있다. 짐을 보관해 준다기에 커다란 여행 가방을 마룻장 아래에 있는 짐 보관소에 넣는다. 식사가 끝나고 돌아가려는데 거기에 놓아 둔 내 여행 가방이 없다. 마찬가지로 자신의 짐이 없어졌다는 어떤 남자와 함께 여주인을 부른다. 짐 보관소는 지하 깊숙한 곳에 넓게 펼쳐져 있다. 세척기 안에서 돌아가고 있는 그 남자의 짐을 발견한다. 내 짐만 없다. 어쩌면 기계가 제멋대로 집으로 발송해 버렸는지도 모른다. 그걸 확인하려면 한 시간이 더 걸린다고 여주인이 말한다. 지하에는 도시 전체로 뻗은 네트워크가 있었다.

9월 24일의 꿈(시스템 오므라이스)

레스토랑에서 식권을 사기 위해 줄을 서 있다. 맨 앞에는 여대생이 서 있다. 그다음이 나다. 내 뒤에도 남녀 학생들이다. 주문하기 직전에 갑자기 망설여져서 줄에서 벗어나 진열장에 든 견본을 보러 간다. 좋아. '시스템 오므라이스'가 좋겠어. 그러는 사이에 내 뒤에 있던 여대생도 고민 중이었던지 아직 주문을 하지 않아서 두 번째로 시스템 오므라이스 식권을 산다. 식권을 파는 이는 민족의상을 입은 젊은 여자다. 내가 1,000엔 지폐를 내자 우쭐대는 표정으로 "시스템 오므라이스 값이 올라서 1,125엔이에요."이라고 말한다. 서둘러 100엔짜리 동전을 내민다. 여자가 "25엔 더요."라고 말한다. 지갑을 들여다봤지만 5엔짜리 동전이 없다. 여자에게 10엔짜리 동전을 세 개 건넨 다음 "잔돈은 됐어요."라고 말한다.

그 사이에 뒤에 서 있던 학생들이 하나씩 테이블을 차지한다. 나도 서둘러 자리를 맡는다. 시스템 오므라이스가 나왔다. 먹으려는데 큰 접시에 담겨 있던 내 시스템 오므라이스 절반이 테이블 위로 튀어나왔다. 젓가락으로 집어 접시로 되돌리려고 애쓰지만 아무리 해도 전부 올라오지는 않는다. 양도 적어서 이걸로는 배가 차지 않

254

는다. 다른 학생들이 먹는 모습을 바라보며 "이럴 줄 알았으면 평범한 오므라이스를 먹을걸."하고 후회한다.

9월 29일의 꿈(해일)

이유는 모르지만 나는 무슨 문제를 일으키고 사람들에
게 몹시 추궁을 당한다.

밖으로 나가 열차를 탄다. 창밖 풍경은 상상을 초월했
다. 근대적 도시 경관이 아니라 옛날 일본 가옥이 늘어
서 있다. 바다에서 밀려온 큰 해일이 차례로 가옥들을
휩쓴다. 해안선에는 여러 마리의 거대한 왜가리들이 쉬
고 있다. 파란 제복을 입은 기분 나쁜 젊은이들이 그 근
처에서 무언의 행진을 하고 있다. 젊은이들은 해일로 인
한 참상은 안중에도 없다.

10월 14일의 꿈(큰 해일)

세상의 종말이 다가왔다. 바다에서 곧 큰 해일이 몰려올 것이다. 건물에는 대피소가 설치되어 있어서 나도 그 안에 숨는다. 게다가 해일을 공격하여 세력을 꺾을 방위 체제도 마련되어 있다. 나는 그 체제를 조작한다. 하지만 실제로 거대한 해일이 덮치면 모든 게 끝장날지도 모른다. 경보가 울렸다. 나는 대피소 안으로 뛰어든다.

11월 30일의 꿈(악몽)

퇴직한 지 오래인데 아직 회사에서 일하고 있다. 긴 자*의 널찍한 도로에는 큰 공중전화 박스 같은 유리로 만든 휴게소가 드문드문 서 있다. 그 안에 여러 가지 물품을 놓아두고 사진을 찍는다. 사진을 배치하여 초안을 만들어 의뢰인에게 설명한다. 하나하나 박스를 옮겨가며 촬영하는 탓에 여간 수고스럽지 않다. 그러다가 굳이 이동할 필요가 없다는 사실을 깨닫는다. 하나의 박스에서 모든 사진을 촬영하기로 한다. 그렇지만 일단 밖에 나와서 뒤돌아보니 이미 그 휴게소에는 다른 사람이 들어가 있어서 들어갈 수가 없다.

우선 회사로 돌아간다. 손으로 직접 초안을 만들어 암으로 죽은 사장 N씨에게 보여준다. N씨는 흘끗 쳐다보더니 "마음에 안 들어."라고 말하며 퇴짜를 놓는다. 대체 어쩌라는 건지. 이 회사를 퇴직한 지가 언젠데 나는 왜 이 일을 하고 있는 거야?

눈을 뜨니 옆 이불에 아버지가 자고 있다. 30년 전에 돌아가신 아버지가. 이불 사이를 넘어가다가 아버지의 몸을 조금 밟은 모양이다. 복도 창문 너머로 경기장이 보인다. 그곳에서 게이오慶応 대학 럭비부가 경기를 하고

258

있다. 모습이 보이지 않는 어머니가 "조금 전까지 네 할머니가 게이오의 노래를 부르며 응원하고 있었어."라고 말한다. 물론 할머니의 모습도 보이지 않는다. 침실로 돌아가자 아버지가 잠든 채로 "아까 나를 밟고 갔지?"라며 역정을 낸다. 여전히 아버지가 싫다.

〈저자 주〉

* 2005년부터 2010년까지의 꿈 일기를 전자책 『잇시키 마코토의 천일 밤의 꿈』이라는 제목으로 묶었는데, 이번 장은 여기에서 선정했다.

〈옮긴이 주〉

* 긴자(銀座): 일본 도쿄 주오 구에 있는 도쿄를 대표하는 번화가 가운데 하나.

2011년
10월 2일의 꿈(파란 봉투)

화장실에 간다. 화장실은 밭이다. 아주머니 한 명이 청소를 하고 있다. 한가운데에 파랗고 큰 봉투가 입이 벌어진 채 땅에 꽂혀 있다. 이게 변기인가 보다. 그런데 용변을 보기 시작하자 순식간에 가득 차서 넘치려고 한다. 간신히 최악의 사태는 피했지만 이 봉투는 아주머니가 아끼는 것이었다고 한다.

나는 아주머니 몰래 봉투를 휙 낚아채서 버릴 곳을 찾으러 간다. 거리에는 경비원이 눈을 반짝이며 지키고 있어서 좀처럼 적당한 곳이 없다. 경계를 뚫고 어느 골목으로 들어간다. 그곳에는 인기척이 없고 도로에는 키가 큰 잡초들이 우거져 있었지만 주위는 멋진 주택들이 줄지어 있다. 흡사 죽음의 거리다. 얼마쯤 걷다가 어떤 경계를 넘은 순간 세상이 한순간에 밤처럼 어두워진다. 나는 키큰 잡초 속에 파란 봉투를 숨기고 경비원의 눈을 피해 왔던 길을 되돌아서 아까 그 아주머니의 밭으로 간다.

회사로 돌아온다. 옷은 얼룩투성이에 온통 흠집이 나있다. 사원들이 내가 한 짓을 눈치채지는 않을까 마음을 졸인다.

〈저자 주〉
* 기억나지 않을 만큼 어릴 적부터 나는 꿈 일기를 써 왔다. 현재도 내 블로 그 〈데굴데굴 꿈 일기〉에 꾸준히 게재하고 있다. 이 시는 내 블로그 꿈 일 기에서 골랐다. 여기에 인용한 꿈은 어떠한 각색이나 생략도 하지 않았다.

순수왕국 혹은 미궁迷宮

이토 히로코(伊藤浩子)

원고 청탁을 받은 지 벌써 5개월이 지났건만 그때 들었던 꺼림칙한 기분을 지금도 생생하게 기억한다. 왠지 쓰지 못하리라는 예감이다. 좀 더 정확히 말하면 쓰지 못하는 게 아니라 써낼 수 없으리라는 확신에 가까운 감각이었다. 그런 한편으로 어떻게든 써내리라는 이상한 안도감도 있었다. 만약 잇시키 마코토 론論을 쓴다면 나밖에 없다고도 생각했다.

그게 잘못이었을까. 첫 시집 『전리품 없는 전쟁과 수선화 색깔의 토치카』부터 최근 시집 『에바』까지 다섯 번 이상을 훑어보았지만 들어가기는 쉬워도 출구가 없는 미궁에서 옴짝달싹할 수 없었다. 길을 안내해 주는 친절한 안내판이 몇 개 있긴 했다. 예를 들면 여기는 '아버지 죽이기'입니다. 그다음은 '학교'이지요, '정신분석'이라면 저쪽이고, '원고지'는 이쪽입니다 라는 식이다. 하지만 막상 안내판이 가리키는 방향으로 가보면 그곳에는 출구가 있을 리 만무하고 오히려 세분화되고 조밀하게 펼쳐진 더욱 거대한 미로가 기다리고 있다.

　내가 아직 심신에 해로운 시와 문학을 모르던 십 대 시절 나라奈良 공원에 거대한 미로 체험 공간이 있었는데 그 미로 속에서 체험한 가벼운 공포가 기억난다. 그것은 내가 어디에 있는지 이곳이 어디인지 모르는 감각이다. 좀 더 자세히 말하면 내가 나라는 필연성을 잃어버리는 느낌이다.

　그렇다. 잇시키 마코토라는 시인은 시나 이야기라는 형식을 이용한 엔터테이너이거나 나쁘게 말하면 사기꾼(이처럼 혼란한 세계인지는 몰랐다), 집단무의식의 어딘가에 있는 순수왕국 혹은 미궁의 왕이었다. 왕을 만나고 싶어서 한발 내디디면(페이지를 넘기면) 그곳에는 지금까지 듣도 보도 못한 놀라운 세계, 하지만 왠지 그립고 정답게 마음을 흔드는 세계가 펼쳐져 있다. 우리는 그곳에서 '나 자신'과 만난다. 때로는 '나 자신'만 존재하는 방이 있다. 그리고 우리는 그곳에서 악몽과도 만난다. 잊고 있던 소원이 떠오르고 부모형제의 또 다른 얼굴을 보게 되고 우리 자신의 죽음과도 조우할지 모른다. 언어는 언어가 아니고 꿈은 우리가 알던 꿈이 아니다. 그러한 세상에서 최종적으로 기댈 존재는 무엇일까. '왕'은 우리에게(물론 왕 자신에게도) 항상 도전하고 있다. 우리는 어디에서 와서 어디로 가는 것일까. 실제로 순수왕국에 들어가 순서대로 관찰해보자.

1. 베트남에서는 전쟁이 났다.

나는 짙은 어둠의 중심에서 눈을 떴다
호화로운 일급 범죄자 수용소는 내 의지와
무관하게 소등된다

간수 한 사람이 개를 키운다
이름은 스피츠이고 귀 끝의 하얀 털이 선명하다
늘 사납게 짖어댄다
간수를 광적으로 사랑해서 간수와 친한 사람을
질투하여 시끄럽게 짖어 비웃음을 사곤 했다
어떤 때는 눈 내린 마당을 뛰어다니다가 발에 눈 섞인 진흙을
묻힌 채 통로를 돌아다녔다
나는 간수의 개가 왜 눈을 좋아하는지 몰랐다
밤에 눈이 그쳤다
침대에 귀를 대면 간수의 개집에서
이상한 소리가 들린다
콸콸 물이 쏟아지는 듯한 소리
병 걸린 사람처럼 기어갈 때 나는 마찰음
카펫을 잡아 뜯을 때 생기는 울림

개는 토했다
채소죽처럼 새하얀 것을 바닥에 잔뜩 뿌리며 뒹굴었다
개는 괴로워하며 바닥을 긁고 뒹굴면서 토했다

그때마다 뜨거운 음파와 하얀 내용물은
어질러지고 흩어지는 정도가 심해졌다

내게는 보이지 않았지만 그 고민은 분명했다

개의 잠자리는 조용한 통로 끄트머리
좁은 벽의 움푹 팬 곳
밤은 폐쇄된 작은 한 지점
그 안에서 개는 괴로워한다
괴로워하며 뒹군다
내게는 보이지 않는다
하지만 나는 안다

눈이 또 내리기 시작했다
하얀 콘크리트 벽은 영원한 동토보다도 차갑게
펼쳐진다

　　　　　　　　　　　　　 ─「잠자리」가 아니면 '백색혐오'」 전문

　첫 시집 『전리품 없는 전쟁과 수선화 색깔의 토치카』는
1966년에 출간되었다. 1966년은 비틀즈가 일본을 방문
하고, 잇시키 마코토가 재학 중이던 와세다 대학에서도
학생운동이 한창이던 해였다. 우리들의 해. 그래서는 아
니겠지만 한번 읽으면 반 권력, 반 투쟁의 작품군이라고
간주하기 쉬운데 실제로는 그렇지 않다. 인용한 작품도
수용소에서 교도관이 기르던 개를 상징적으로 그리면서

도 고독, 고민, 절망 등을 인간이 가진 아슬아슬한 점에 호소하고 있다. 이곳에서는 누구나 교도관, 일급 범죄자, 개가 될 수 있다. 심적 현상의 가능성으로서. 그것이 고정된 정체성의 공허함에 의해 역설적으로 그려져 있다. 또 교도관이 부성父性의 대명사라면 수용소는 이미 수용소가 아닐 것이다.

이렇듯 심상을 이중삼중으로 겹쳐 가고 그 겹치는 방법에서 보편성을 찾아낼 때 그곳에는 쾌감에서 꽤 멀리 와버렸다는 일종의 망설임이 있다.

2. 마음을 이야기하지 마세요

우리 교실에는 입학한 뒤로 한 번도 말을 하지 않은 남자아이가 있었다. 우리는 그를 비웃으며 신나게 놀려댔다. 하지만 그 아이는 표정 하나 변하지 않은 채 돌팔매질 하듯 던지는 우리의 막말을 참아 넘겼다. 그의 침묵은 마치 바닥 없는 구덩이 같았다. 그의 이름은 마음이었다.

세 번째 시집 『순수병』에 실린 「마음」이라는 작품의 첫 연이다. 여기에서 화자는 '우리'에 속하고 독자는 화자의 시선으로 '이야기'를 읽을 것이다. 4, 5연의 내용은 다음과 같다.

마음은 어느 날 등교하지 않았다. 선생님은 마음이 병이 났다고 했다. 그 뒤로도 일 년 동안 마음은 돌아오지 않았다. 마음은 불치병을 앓고 있었다고 선생님이 말했다. 태어날 때부터 줄곧 아팠단다.

"마음을 잊어라. 마음에 대해 이야기하지 말아라"라고 선생님은 당부하셨다.

여기까지 읽으면 문득 '마음'이 무엇을 뜻하는지 애매하고 불안해진다. 마음을 이야기하면 안 되는 것인가? 사상규제?

그 후에 '우리'는 '마음'의 집에 병문안을 가서 마음과 똑 닮은 예쁜 어머니와 하얀 의자에 앉아 있는 마음과 만난다. 아무리 그래도 '마음의 어머니'라니 이상한 감촉의 언어다. 융Jung의 그레이트 마더great mother를 떠올리는 사람은 비단 나뿐은 아닐 것이다. 물론 그레이트 마더는 풍요로움의 상징이자 모든 것을 이해하는 탐욕적이고도 못된 모성이다.

2년이 흐른 뒤에도 우리는 여전히 마음을 잊지 않았다. 하지만 문병하러 가는 친구는 하나둘 줄어 3년 뒤에 마음을 기억하는 친구는 나 혼자뿐이었다. 그날도 나는 문병을 하러 꽃다발을 들고 혼자서 마음의 집으로 향했다.

266

마음의 집 초인종을 누르자 어머니가 문을 열어주었다. 그런데 내 어머니였다. 어두운 방으로 나는 들어갔다. 나는 하얀 의자에 앉았다.

그런 다음 나는 한마디도 하지 않았다. 질문을 받으면 나는 괴로운 표정을 지었다.

선생님은 "마음은 잊어라"라고 오늘도 친구들에게 당부하셨을까.

시의 화자인 '나'가 '마음'이라는 사실은 처음부터 어렴풋이 눈치챘을지도 모른다. 여기에서 나는 독자의 위치를 문제 삼고자 한다. 처음부터 독자는 화자인 '나'를 포함한 '우리'의 시점에서 이 '이야기'를 읽었다. 왜냐하면 말을 하지 않는 소년 '마음'은 독자와 동질적이지 않은 너무나 특이한 존재이기 때문이다. 하지만 후반에 '나'와 '마음'이 동화하였을 때 우리 독자는 '나'로부터 남겨지고 결정적으로 내쳐져서 갈 곳을 잃는다. 이 시적 논리에는 누구나 경의를 표하리라.

이 작품도 여러 가지 방법으로 읽을 수 있다. 문자 그대로 환상적인 작품으로 즐길 수도 있고, 모성과의 관계성에 착안해서 읽을 수도 있다. 또한 마음과 몸이 진정으로 하나 되는 일이 죽음의 은유라고 받아들일 수도 있다. 여기에는 시만이 할 수 있는 역할이 확실하게 있다.

3. 원고지 속의 왕 오이디푸스

잇시키 마코토는 처음부터 '왜 쓰는가?'라는 복잡한 질문을 끌어안고서 그에 도전해 온 시인이라고 말할 수 있다. 마찬가지로 『순수병』과 『에스』에서 일부를 인용한다.

너에게 글쓰기는 전쟁인가? 최후의 큰 전투가 끝난 뒤 원고지 칸에 늘어진 철조망은 네가 쓴 문자다. 부상당한 너에게 버림받은 한 병사는 거기서 오래도록 고통스러워한다.

— 「원고지」 부분

그날 아버지는 혼자 20층까지 올라가 거기에서 추락했다(추락한 걸로 되어 있다). 유서는 초록색 원고지에 빨간 잉크로 쓰여 있었으므로 아버지의 심장에서 솟아나는 피와 뒤섞여 읽을 수 없었다.

아니. 애초부터 피로 썼을지도 모른다. 어디부터가 피고 어디부터가 글자인지 모르겠다. 현대시란 그런 건가 보다 (웃음).

어쨌든 죽음을 계속해서 쓰겠다.(후략)

"아버지! 저는 당신을 죽였습니다. 당신에게서 사랑하는 아내를 빼앗기 위해!"

이래서 고쿠요 원고지는 싫다. 언제까지고 빨간 잉크가
마르지 않는다. 내 시체나 아버지의 시체도 하염없이 피를
흘릴 뿐 완전히 죽지는 않는다.(후략)

세어보니 이 시는 팔십구 행이었다. 즉 나와 아버지는
당신이 읽고 있는 시 위에서 서로를 여든아홉 번 죽였다.
그리고 계속해서 서로를 죽일 것이다.

– 「냇가에서」 부분

이렇게까지 원초적인 충동에 충실한 작품도 흔하지 않
다. 그리고 보면 원초적인 충동을 기억하는 자체가 바로
예술가라는 글귀를 어디에선가 읽은 것도 같다. 나도 모
르게 눈을 돌릴 뻔했지만 그러지 못한다. 왜냐하면 거기
에서 자기 자신을 발견하기 때문이다. 참고로 프로이트
는 아버지를 죽이고 싶다는 바람(원초적인 충동)이 무의
식 속으로 버려짐으로써 어린아이의 마음이 발달한다고
생각했다. 즉 이 애달픈 바람은 사라진 게 아니라 마음
어딘가에 잠들어 있다. 너무 생생해서 보통은 억압되어
있을 뿐이다. 시인 잇시키 마코토는 그것을 어떻게 해서
라도 끄집어내어 형태를 갖춘 것으로 드러내고 싶어 한
다. 자기 자신을 위해서 혹은 사랑하는 누군가를 위해
서. 그러기 위해서는 쓸 수밖에 없다. 자신의 손을 더럽
혀서라도.

'계속해서 서로를 죽일 것'이라고 분명히 말했듯이 잇시키 마코토는 아버지를 죽이고 그를 대신하고 싶다는 소원이 무의식 안에 들어 있는 한, 시(죽음)를 계속 써내려 가리라. 그것은 그가 꿈을 탐색하고 무의식을 자기편으로 둔 시인인 이상, 거스를 수 없는 운명 같은 것일지도 모른다.

4. 또 다른 '아버지 죽이기'

아버지, 나는 당신을 절대로 용서하지 못합니다.

이 말은 지금으로부터 30여 년 전에 죽은 아버지의 장례식에서 실제로 상주 잇시키 마코토가 조문객들 앞에서 읊은 인사말의 일부라고 한다. 개인적으로 대화를 나누다 그 내용을 알게 되었다. 그때 내가 느꼈던 감정은 제쳐놓고 그 언어에 포함된 근원적인 문제를 여기서 언급해두고 싶다. 물론 그것이 잇시키 마코토의 시를 읽는 단서 중 하나가 되기 때문이다. 그것은 죄책감과 자유란 무엇인가 라는 문제다.

먼저 죄책감인데, 예를 들면 오이디푸스가 죄책감으로 자신의 두 눈을 멀게 했다는 일화는 유명하다. 좀 더 가까운 예를 찾자면 11세기 일본의 소설 『겐지모노가타리源氏物語』에 나오는 인물 가시와기柏木가 유명하다. 이에 대한 자세한 이야기는 다음으로 미루겠다. 그렇다면 시인 잇시키 마코토가 오이디푸스와 가시와기에게서 보이는 아버지 죽이기에 대한 양심의 자책自責을 전혀 느끼지 못하는가 하면 그건 또 아니다. 『에스』에 나오는 「상실」이라는 작품의 전문을 인용해본다.

나 일어서지 못하겠어, 라고 말하더니 의자가 되어버렸다. 이제 누울 수도, 잠에 빠질 수도 없으리라. 슬픔이 곧바로 그 등을 검게 칠했다. 그때부터 창밖은 영원히 한낮이다.

드높은 하늘을 향해 단 한 번, 공원 사이렌이 큰 소리로 울렸다. 그런데 풀에 파묻힌 분수는 침묵을 지키며 줄곧 생각하고 있다. 여기에서 사라진 이는 누구였을까 하고.

– 「상실」 전문

작아서 놓치기 쉽지만 숨겨진 명시라고 해도 손색이 없는 작품이다. 분명 무의식적인 죄책감이 잇시키 마코토가 이 시를 쓰게 만들었을 것이다. 단순한 연애시로 읽어서는 제대로 느낄 수 없는 엄청난 무언가가 이 작품에는 있다.

첫 행에 나오는 '나 일어서지 못하겠어'라는 언어가 지닌 기묘하고도 매력적인 위화감은 이 언어가 시인 자신을 향한 주문呪文과 같은 느낌을 자아내고 있기 때문이다. 동시에 뒤에 이어지는 '잠에 빠질 수도 없으리라', '영원히 한낮'이라는 언어와 더불어 무언가 스스로에게 벌을 주는 이미지를 독자가 상상하게 만들기 때문이다. 잇시키 마코토의 생의 주제인 '아버지 죽이기'에 익숙하지 못한 독자에게는 어쩌면 당돌하게 다가올지도 모른다. 여담이지만 죄수를 전혀 재우지 않는 방법으로 자백을 받아내는 고문이 있다. 빛을 쬐이거나 커다란 소리를 들려 주어 죄인에게서 잠잘 자유를 철저히 빼앗는다. 그러면 죄인은 중증의 불면증에 빠지든가 정신이상을 일으킨다고 한다. 그것을 잇시키 마코토가 알고 있는지 어떤지는 모르겠지만, 시인은 자기 자신에게 '잠을 빼앗는다'라는 가장 괴로운 형벌마저 부과한다. 왜? 당연히(아버지 죽이기에서 기인하는) 죄책감이다.

말할 필요도 없이 아버지를 살해한 아들은 이미 아들이 아닌 그저 남자일 뿐이다. 게다가 그 대가로서 자기 자신의 일부, 오이디푸스라면 눈, 가시와기라면 인생 그 자체를 잃을 게 뻔하다. 이 시에 입각해서 말하자면 자리 잡고 앉은 중요한 타인, 이미 자신과 일체화된 타인일 것이다.

즉 '아버지 죽이기'란 부권에 대한 예속에서 벗어난 자유의 대가로 자기 자신의 일부를 잃는 것과 같은 의미이다. 그래서 앞에서 예로 든 잇시키 마코토의 '아버지, 나는 당신을 절대로 용서하지 못합니다'라는 말을 거꾸로 생각하면, 아무리 자기 자신을 잃는다 해도 혹은 그 행

위로 인해 결코 수면이라는 휴식을 취하지 못한다 해도 결코 자유만은 빼앗기지 않겠다는, 사사로운 원한을 넘어선 시인의 실존을 건 결의가 들어 있다.

> (전략)
> 이불 속에 있는 것은 물론 사막이다
> 지평선까지 길게 길게 이어진다
>
> 한 줄의 문장을 더듬으며
> 나는 끝없이 홀로 걸어간다
> 구두점이 하나도 없어서
> 이제 쉴 수도
> 멈출 수도 없다
>
> 오십 년보다 훨씬 전에 꾸었던
> 그 빛깔 없는 꿈속에서
> 흐느껴 울며 읽었던 글자를
> 누구에게도 말하지 못한 채
> 줄곧 잊고 지냈는데
> 스무 살이 되었을 때 떠올랐다
> 사랑하는 사람과 처음 섹스를 할 때였다
>
> 내가 제일 처음으로 쓴 시의 제목은 이렇다
> '아버지를 죽인 초등학생'
> (후략)
>
> —「구두점」부분

여기까지 쓴 나는 대체 지금까지 시인 잇시키 마코토의 무엇을 보고 있었나 하는 불안감에 사로잡혔다. 무엇을 보고 무엇을 알고 있었나? 그것을 본인에게 확인해보고 싶다는 충동에 사로잡혔다. "대관절 무슨 말이야? 내가 어떻게 받아들여야 해?"라고 묻고 싶었다.

하지만 잇시키 마코토는 여기에 없다. 한참 앞서 걸으면서 뒤도 돌아보지 않는다.

5. 꿈

잇시키 마코토를 논할 때 빼놓을 수 없는 요소가 방대한 꿈 일기다. 예를 들어 최근에 쓴 꿈 일기는 이렇다.

> 화장실에 간다. 화장실은 밭이다. 아주머니 한 명이 청소를 하고 있다. 한가운데에 파랗고 큰 봉투가 입이 벌어진 채 땅에 꽂혀 있다. 이게 변기인가 보다. 그런데 용변을 보기 시작하자 순식간에 가득 차서 넘치려고 한다. 간신히 최악의 사태는 피했지만 이 봉투는 아주머니가 아끼는 것이었다고 한다.(후략)
>
> —「10월 2일의 꿈(파란 봉투)」 부분

'화장실은 밭이다. 아주머니 한 명이 청소를 하고 있다'라는 구절은 눈앞에 광경이 떠오르는 듯해서 기묘한

274

즐거움을 준다. '파랗고 큰 봉투'와 '변기'의 불균형. 어쩌면 성행위를 하는 꿈일지도 모른다.

꿈을 소재로 한 시도 적지 않다. 여덟 번째 시집 『헛꿈일기』와 『에스』에서 일부를 인용해 보겠다.

색이 입혀진 꿈을 꿀 때는 말이야
시간이 꿈속으로 역류할 때지

알아채지 못하는 동안 링거의 튜브 속으로
혈액이 역류하듯이

─「토끼」 부분

꿈에 나타나는 아들은 낮에 깨어있는 동안 내 인격 깊숙한 곳에 숨겨져 있던 또 하나의 낯선 나다. 그래서 아들은 나와 판박이. 이름도 나와 똑같다.

─「복사기의 고독」 부분

소설이나 시에 꿈 이야기를 언급하면 반드시 실패한다고 일컬어진다. 그 이유는 꿈을 일상의 문맥으로 이야기하려고 하기 때문이다. 하지만 잇시키 마코토는 꿈을 작품 속으로 끌어들이지 않고 꿈 자체로서 전개한다. 이를 위해 꿈 일기를 썼는지도 모른다. 거기에서 꿈은 시인의 언어로 그려진다. 혹은 나한[1]이 간파한 것처럼 무의식이

---

1) 나한(羅漢): 완전히 깨달아 공덕을 갖춘 소승 불교의 수도자를

시니피앙[2]으로 구성되어 있다면 그 무의식을 반영한 꿈이 시의 언어라 해도 이상할 게 없다고 몽상한다. 어찌되었든 잇시키 마코토는 꿈을 작품으로 성립시킨 많지 않은 시인 중 한 사람임이 틀림없다. 몇몇 작품은 일상의 논리를 뛰어넘어 오히려 성숙하지 않았다는 점에서 무엇보다도 낭만적이다. 이 '낭만'을 문자 그대로 꿈처럼 그린 작품을 『에스』에서 부분적으로 발췌해 보겠다.

피아노는 흑백의 덩굴장미 꽃이 서로 뒤얽혀 내 갈 길을 방해하는 깊고 어두운 숲이다. 나는 알몸으로 그 숲에 뛰어든다. 전력 질주하는 내 손가락이 닿을 때마다 장미는 독가시로 날카롭게 내 살갗을 꿰뚫는다. (중략) 나는 마지막 힘을 다해 뒤를 돌아보았다. 그러자 어느 새 그곳은 오색찬란한 무지개 숲으로 바뀌어 있었다. 우렛소리와 같은 갈채가 멀리서 울려 퍼진다. 하지만 아무도 모른다. 숲 저편에서 내 매미가 핏빛으로 물들어 죽어가고 있음을.

– 「갈채」 부분

나는 유키라는 이름의 벙어리 소녀와 서로 사랑하여 한

일컬음.
2) 시니피앙(signifiant): 스위스의 언어학자 소쉬르(Ferdinand de Saussure)에 의해 규정된 언어학 용어. 프랑스어 동사 signifier의 현재분사로 '의미하는 것'을 가리킨다. 이에 대해 시니피에(signifié)는 같은 동사의 과거분사이며 '의미되고 있는 것'을 가리킨다. 이 둘을 하나로 묶어 사인(프랑스어로 signe) 또는 기호라고 한다.

지붕 아래서 살게 되었다. (중략) 젊은 날 나는 이 집에서
세상을 얼어붙게 할 한 줄의 시를 썼다. 그 탓에 이토록 오
래 이어져 온 겨울이 지금 겨우 끝나려는 참이므로.

　　　　　　　　　　　　　　　　　　－「유키」 부분

　거듭해서 쓰지만, 꿈은 성숙하지 않은 소원으로 가득
차 있다. 그런 의미에서 꿈에 개방적인 잇시키의 시는
누구의 시보다도 낭만주의를 견지한다.

6. 마주 본 거울 안에 남는 것

　내가 편집자로서 시집 『에스』를 맞거울 같은 구성으로
편집한 이유는 아시다시피 무한히 눈앞에 펼쳐지는 공
간(꿈, 무의식, 미궁, 맞거울 등)을 잇시키 마코토의 작품집
에서 강하게 느낀 까닭이다. 잘 읽어보면 「거울」이라는
작품을 한가운데에 두고 좌우가 이란성 쌍둥이처럼 배
치되어 있음을 알 수 있다. 시를 쓰는 잇시키 마코토의
무의식이 이미 그렇다고 생각한다. '이란성 쌍둥이'라고
쓴 것은 양자가 아주 조금씩 다르기 때문이다. 언어의
성질상 불가피한 것일지도 모른다. 아니면 시니피에에
주목해보면 이해하기 쉽다.
　맞거울 안쪽의 안쪽에 있는 하나의 점을 응시하고 있
으면 흐릿하게 떠오르는 것이 있다. 사라질 듯 사라지지

않는 것. 그것은 어쩌면 이런 것일지도 모른다.

처음부터 끝나 있었다. 아무도 알아주지 않았다. 세상에
하나뿐인 그런 장미에 다가가면 분명 당신의 죽음 냄새가
날 겁니다.

- 「처음의 끝」 부분

그렇다면 출구를 발견할 수 있을까? 내일 아침 당신이
눈을 떴을 때, 과연 오늘 밤 당신이 서 있는 장소와 같은
장소일까? 당신은 그 꿈에서 정말로 빠져나온 걸까? 그
대답을 얻기 위해서 우리는 또 다른 하나의 순수왕국에
들어가야만 하리라.

〈해설자 주〉
* 순수왕국은 잇시키 마코토의 일곱 번째 시집 『원형』의 「하늘의 물방울」에
  나오는 시어이다.
* 이 원고는 『시토시소(詩と思想)』 2011년 12월호에 실린 잇시키 마코토 이
  론을 수정했다.

이토 히로코(伊藤浩子) 2009년 제18회 시토시소(詩と思想) 신인상 수
상. 시집으로 『Wanderers』 『undefined』 등이 있다. 일본현대시인회 회원.
월간 『시토시소』 편집위원. 『소카와세미』 『hotel 제2장』 『시바리부시』 동인.

1946년~1958년 1세~13세

나고야 출생. 아버지가 지어 준 이름은 신리(眞理)이지만 본
적에는 일본식 한자 읽기인 후리가나가 달려 있지 않아서 지
금은 '마코토'라고 읽는다. 여권에도 'MAKOTO ISSHIKI'라
고 되어 있다. '신리'는 필명. 스기야마(椙山)여학원 부속유치
원을 다닌 후 나고야 시립 다시로초등학교(田代小学校)에 입
학한다. 아버지의 정신적인 불안정과 독선적인 지배로 인해
온 가족이 끊임없이 시달린다. 그 영향으로 유치원부터 초등
학교를 졸업할 때까지 교실에서는 전혀 말을 하지 않고 지냈
다. 그 대신 한 번 본 것은 사진처럼 그대로 머릿속에 기억하
는 능력이 있어서 반에서 가장 성적이 좋았다.

1959년 14세

사립 도카이(東海)중학교에 입학. 정토종(浄土宗)이 세운 학
교이며 입시 명문교이기도 하다. 주위에 자신을 전혀 모르는
아이들로 바뀌자 지금까지의 자신에게서 탈출하기로 결심한
다. 말이 없는 것은 여전했지만 간단한 회화를 나누는 정도로
바뀐다. 그러나 불행하게도 이전의 기억 능력을 상실하여 입
학 당시 반에서 1등이었던 성적이 28등까지 급격히 떨어진다.

1962년 17세

도카이고등학교에 입학. 국어는 학년에서 최고이지만 수학은
아무리 열심히 공부해도 꼴찌를 면치 못하는 극과 극의 학교
성적이었다. 이과 진학을 원한 아버지에게 무의식적으로 반
항한 결과인지도 모른다.

1963년 18세

아버지는 여전히 국립대 이과에 진학하기를 바라지만 아버지
의 의사와는 정반대의 길을 걷기 위해 와세다(早稲田)대학 제
1문학과 러시아문학 전공을 목표로 삼는다. 문학서를 닥치는
대로 읽고 본인 스스로 시와 소설을 쓰기 시작한다.

1964년 19세

『SF매거진』 8월 임시 증간호에 재치 있는 짤막한 이야기 「부활 마술」을 게재한다.

1965년 20세

와세다대학 제1문학과 러시아문학 전공 입학. '와세다 시인회'에 들어가 시문학지 『와세다 시인』 『27호실』을 기반으로 본격적인 시 쓰기를 시작한다. 12월에 와세다대학 투쟁이 시작되고 6개월 넘게 학과가 폐쇄되어 이후 졸업까지 거의 수업에 나가지 않고 매일 데모에 참여한다. 그 후로는 대부분의 시간을 학생회관 27호실에 있는 와세다 시인회 방에서 보낸다.

1966년 21세

오타니 마사오(大谷征夫), 호리우치 쓰네요시(堀内統義) 등과 함께 동인지 『신세다이(新世代)』 간행. 첫 시집 『전리품 없는 전쟁과 수선화 색깔의 토치카』(신세다이 공방) 출간.

1968년 23세

와세다 시인회를 모체로 와세다대학과 오쓰마(大妻)여자대학 학생들이 모여 시극을 공연하기 위한 극단 'O(러브)'를 결성. 전속작가 겸 배우로 활동한다. 다니구치 도시오(谷口利男) 등의 동인지 『카이에』, 구라모치 후미야(蔵持不三也) 등의 동인지 『가라스노 구비(유리의 목)』에 참가.

1969년 24세

대학 졸업. 졸업논문의 주제는 「마야코프스키의 허무주의 구조」. 지쿠마쇼보(筑摩書房) 출판사의 『덴보(展望)』 1월호에 에세이 「아무것도 아닌 존재로부터」 게재(후에 마쓰다 미치오(松田道雄) 편저 『나의 앤솔러지』에 수록). 구라우치 지세이(倉内知生)와 함께 아유카와 노부오(鮎川信夫)의 기고를 받아 동인지 『이카미(異神)』(후에 다나카 아키미쓰, 오카지마 히로코(岡島弘子), 호리우치 쓰네요시, 오타니 마사오, 도무라 고(十村耿) 등이 참가) 창간. 나고야의 본가로 돌아가 지방 기업에 취직.

1970년 25세

집을 떠나 도쿄로 돌아온다. 보석 패션 잡지 『LES JOYAUX』 편집부 근무.

1971년 26세

　　인쇄 연구회사 편집부로 전직. 동료로는 시인 네모토 아키라 (根本明)가 있었다. 시인 오카지마 히로코와 결혼.

1972년 27세

　　『시가쿠(詩学)』『시토시소(詩と思想)』에 시를 쓰기 시작한다. 두 번째 시집『가난한 핏줄』(도지쇼보[冬至書房]) 출간. 장남 마사히로(真弘)가 태어남.

1973년 28세

　　『시게이주쓰(詩芸術)』에 평론「황무지에 대해서」 게재. 소시샤 (草思社) 출판사 편집부에 입사하여 악기 회사 야마하의 홍보 잡지인『피아노 교본』『하모니』 등을 직접 편집하면서 카피라 이터로도 활동.

1974년 29세

　　『시가쿠』에 에세이「마야코프스키에 대한 이야기」 게재.

1975년 30세

　　니시 가즈토모(西一知)와 함께 동인지『후네(舟)』 창간.『시가 쿠』에 에세이「마야코프스키의 메시지」 게재.

1976년 31세

　　『시가쿠』 투고란을 담당.

1977년 32세

　　다케다 하지메(武田肇) 등의 동인지『사키모리(防人)』에 참가.

1978년 33세

　　『시가쿠』에「시문학지 월평」 연재.

1979년 34세

　　세 번째 시집『순수병』(시가쿠샤[詩学社]) 출간.

1980년 35세

　　무겐(無限) 현대시 아카데미 강사. 시집『순수병』으로 제30회 'H씨 상' 수상.

1981년 36세

　　아동문학지『고도모노 칸(こどもの館)』6월과 8월호에 동화 「둘만의 비밀」「심장 모양을 한 피아노」 발표.

1982년 37세

이쓰지 아케미(井辻朱美) 등과 함께 동인지 『오곤지다이(黃金時代)』 창간. '무겐 신인상' 심사위원. 네 번째 시집 『꿈을 태우며』(가신샤[花神社]) 출간.

1983년 38세

『단카겐다이(短歌現代)』에 칼럼 「시단」 연재.

1984년 39세

다섯 번째 시집 『한밤중의 태양』(가신샤) 출간. '시토시소 신인상' 심사위원. 『시토시소』에 만화 시평 연재. 제1회 아시아시인회의 심포지엄 「동양과 서양의 대화」 패널리스트.

1985년 40세

문학지 『존재』에 평론 「시가 통증 안에서 시험당한다」 연재. '시토시소 신인상' 심사위원. 『시토시소』에 시집 평 연재.

1986년 41세

'H씨 상' 심사위원.

1987년 42세

『시가쿠』에 「내 사건 해석 노트」 연재. 마치다(町田) 제일생명 홀에서 시와 음악과 무대예술을 혼합한 〈놀면서 시〉 구성과 사회를 담당. 일본 러시아 문학회에서 〈러시아 미래파와 나〉라는 내용으로 강연. 반 자전소설 『노래를 잃어버린 카나리아를 뒷산에 내다 버릴까』(NOVA 출판사) 출간. 일본현대시회 이사. '지큐(地球) 상' 심사위원.

1988년 43세

『시토시소』에 코믹 시평 연재. '피날레 시 전시회'(후에 비주얼 시 전시회)에 이 해부터 참가. 『일본문예 감상사전』 8권, 12권, 13권, 20권 집필. 세타가야(世田谷)문학관에서 시마다 리리(島田璃里), 후지토미 야스오(藤富保男) 등과 함께 「뒤샹에 바치는 사티의 소크라테스에 의한 자동기술식 시」에 출연.

1989년 44세

여섯 번째 시집 『DOUBLES』(주세키샤[沖積舍]) 출간. 시마다 리리와 요코하마(橫浜)의 곤노(今野)아트살롱에서 정기적으로 시와 음악과 무대에 의한 〈혼란(混亂) 복식〉 개최. CBS SONY의 의뢰로 CD 〈어번(Urban) 클래식〉 1~3에 해설서로서 들

어갈 시를 제공. 크리스마스 이브에 신오쿠보(新大久保)에 있
는 근로자 음악회관에서 시마다 리리와 아키야마 유토쿠타이
시(秋山祐德太子)와 함께 〈에릭 사티의 만찬회〉에 출연.

1990년 45세

긴자에 있는 소니 빌딩 SOMIDO에서 시마다 리리, 후지토미
야스오와 함께 〈시극적 사티 소크라테스〉, 교토(京都)대학 서
부강당에서 시마다 리리, 오카지마 히로코와 24시간 콘서트
〈에릭 사티의 축제일〉, 소니 빌딩 SOMIDO에서 시마다 리
리, 사이카(雜賀) 발레단과 함께 콘서트 〈스코틀랜드 환상〉에
출연. 도쿄 다이아몬드 호텔에서 지큐샤(地球社) 주최 〈세계
시인 심포지엄〉에 참가.

1991년 46세

국립음악대학 소강당에서 야마구치 히로시(山口博史), 사이토
준코(斎藤淳子)와 함께 존 케이지에게 바치는 〈풍경의 안쪽과
바깥쪽〉에 출연. 소니 빌딩 SOMIDO에서 시마다 리리, 무라
타 세사쿠(村田靑朔)와 함께 크리스마스 파티 콘서트 〈에릭
사티의 성탄절〉에 출연.

1992년 47세

'H씨 상' 심사위원. '지큐 상' 심사위원. 메구로 구 시민회관에서
후지토미 야스오, 오카지마 히로코와 함께 〈듣고 보고 느끼는
현대시〉, 소니 빌딩 SOMIDO에서 시마다 리리, 가토 유키코
(加藤幸子)와 함께 〈초록색 박스의 크리스마스 선물〉에 출연.

1993년 48세

'피날레 시 전시회'가 '비주얼 시 전시회'로 발전적인 전환을
하면서 피날레 화랑에서 제1회 전시회 및 마에바시(前橋) 간
코도(煥乎堂) 서점 이벤트 〈시를 보고 시를 듣고 시와 논다〉
에 참가. 소니 빌딩 SOMIDO에서 뭇토니, 시마다 리리와 시
와 영상의 모험 〈새들에게 들은 이야기〉에 출연. 시마다 리
리, 가토 유키코와 함께 〈동물들의 지구환경 국제회의 전야
제〉에 참가. 『시토소조(詩と創造)』에 현대시 시평 연재.

1994년 49세

아트 뮤지엄 긴자에서 열린 〈시인에 의한 아트 페스티벌〉에

비주얼 시를 출품. 오카야마(岡山)에서 열린 노토 마사루(能登勝)의 〈지하 영화 상영회〉에 전화를 통한 음향 효과로써 도쿄에서 원격 참가. 인터넷상에서의 공동 꿈 일기 〈꿈의 해방구〉 창설.

1995년 50세

소니빌딩 SOMIDO에서 시마다 리리, 〈꿈의 해방구〉 멤버들과 함께 〈사차원의 능력과 성〉 및 이벤트 〈꿈 안에 있는 또 다른 한사람 나〉 상연. '한일전후세대 100인시선집' 『푸른 그리움』(한성례 기획, 번역)에 참가했으며, 마루치 마모루(丸地守), 사가와 아키(佐川亜紀) 등 일본 시인들과 함께 서울에서 열린 출판기념회 겸 국제심포지엄에 참가하여 한국 시인들과 교류. 일본현대시인회 이사장.

1996년 51세

일본 마에바시(前橋)에서 열린 세계시인회의에 참가해 분과회 '하이테크 시대와 시'의 진행자를 맡음. 프랑스 파리에서 열린 〈VISION 전(展)〉에 비주얼 시를 출품.

1997년 52세

일곱 번째 시집 『원형(元型)』(토요미술사(土曜美術社) 출간. 〈꿈의 해방구〉 멤버와 공저로 꿈의 앤솔러지 『꿈의 해방구』(파롤샤 출판사) 출간. 프랑스 파리의 샤틀리트 화랑에서 열린 〈시인의 눈 전〉에 출품. 사마다 리리가 집필한 연주 CD북 『노래하는 새, 지저귀는 피아노』(소시샤 출판사)를 기획 편집. 이 저서의 프로모션을 위해 저자와 함께 전국 각지에서 이벤트를 전개.

1998년 53세

요코하마 ST스폿에서 열린 '요코하마 무도공연'에서 시낭송. 신주쿠 OZONE 및 히로사키(弘前) 비브르에서 열린 〈상상하는 사람의 의자 전〉에서 직접 설계한 의자를 전시. 일본현대시인상 운영위원. 오카지마 히로코와 공동 홈페이지 〈시, 꿈, 수평선〉 개설. 파리 샤틀리트 화랑에서 열리는 그룹 전시가 〈비주얼 시 파리 전〉이라 개칭되어 그 이후 매회마다 비주얼 시를 출품.

1999년 54세

'H씨 상' 심사위원. 『시토시소』 편집위원.

2000년 55세

〈시토시소〉 연구회 강사. 『도빈쓰신(投壜通信)』에 동인 시문학지 평 연재. 도쿄 다이아몬드호텔에서 열린 세계시인축제에서 분과회 〈정보화 사회와 시인〉의 진행을 맡음.

2001년 56세

'지큐 상' 심사위원. 아틀리에 무진칸(夢人館)에서 〈꿈의 해방구 전〉 개최.

2002년 57세

고메이(公明)신문에 6개월간 에세이 「꿈을 즐기다」 연재.

2003년 58세

'지큐 상' 심사위원.

2004년 59세

'현대시인상' 심사위원. 친분이 있던 피아니스트 미와 이쿠(三輪郁)의 자서전 『역시 피아노가 좋아』(토요미술사)를 기획 편집. '지큐 상' 심사위원. 여덟 번째 시집 『헛꿈 일기』(토요미술사) 출간. 『도빈쓰신』에 오카지마 히로코와 연작시를 연재.

2005년 60세

일본시가(詩歌)문학관의 상설 전 〈생명의 시가〉에 작품 출품. 긴자 갤러리 시몬(志門)에서 〈밤의 모임〉 시낭송회 참가. '지큐 상' 심사위원. 블로그 〈데굴데굴 꿈 일기〉 개설.

2006년 61세

시 「학교」가 마미야 미치오(間宮芳生)에 의해 작곡되어 '아오야마 게이코(青山惠子) 리사이틀' 〈마미야 미치오의 세계−운(韻)의 약동(躍動)〉에서 초연되었다. 메일링 리스트 〈꿈의 해방구〉 종료.

2007년 62세

『시토시소』 편집장. 스페이스WA!에서 열린 〈히포캠퍼스 해산 기념 시낭송회〉 참가.

2008년 63세

피아니스트 도마리 마미코의 CD 〈도마리 마미코 2대 피아노 소나타를 연주하다〉(나미 레코드)에 해설 집필.

2009년 64세

오카지마 히로코, 나가노 마유미(長野まゆみ)와 함께 제1회 〈노가와(野川) 시낭송회〉 개최. 'H씨 상'을 수여하는 공익신탁 히라사와 데이지로(平澤貞二郎) 기념기금의 운영위원. 소시샤 출판사의 업무를 승계한 SCR커뮤니케이션즈를 퇴사.

2010년 65세

도마리 마미코 CD 〈베토벤 피아노 소나타 '열정' '비창' '발트슈타인'〉(나미 레코드)에 해설 집필. 아이자와 쇼이치로(相沢正一郎), 이토 히로코, 오카지마 히로코와 동인지 『소카와세미』창간.

2011년 66세

아홉 번째 시집 『에스』(토요미술사) 출간. ePub북스토어에서 전자책 『천일 밤의 꿈』 출간.

2012년 67세

고메신문에 「언어의 보물 상자」 릴레이 연재. 시집 『에스』로 제45회 '일본시인클럽상' 수상. 국립음악대학 소강당에서 야마구치 히로시, 사이토 준코와 함께 '케이지 & 낸캐로 탄생 100주년 현재로의 사정(射程)' 〈존에 대한 뉴스가 있습니다〉에 출연.

2013년 68세

신일본현대시문고 『잇시키 마코토 시집』(토요미술사) 출간. 프랑스 파리에서 열린 제11회 〈비주얼 시 파리 전〉에 비주얼 시 출품. 히로세 다이시(広瀬大志) 시집출판기념 시낭송회 〈검은 축제〉에 참가.

2014년 69세

열 번째 시집 『에바』(종이책/전자책) (토요미술사) 출간. 다메히라 미오(為平澪)가 주재하는 동인 시문학지 『팬팀』에 동인 참가.

2015년 70세

이토 게이코 시집 출판기념 이벤트 〈the Undefined Wanderers〉에서 심포지엄의 사회와 시낭송. 한국의 〈김달진국제문학제〉에 초청을 받아 서울과 진해에서 강연과 시낭송.

몽상과 상상의 자동기술사

한성례

잇시키 마코토는 몽상과 상상의 노래꾼이다. 흥미로운 이야기로 가득한 시에는 예상치 못한 반전이 곳곳에 숨어 있다. 제목을 읽을 때 순간적으로 머릿속을 스쳐 가는 시에 대한 예상이 번번이 빗나가곤 한다.

잇시키 마코토는 두 세계를 살아간다. 현실 세계와 꿈 속 세계다. 사람은 누구나 꿈을 꾼다. 그 꿈은 예외 없이 환상이 뒤섞인다. 꿈이란 손가락 사이로 모래알이 빠져나가듯 시간이 지나면 스르르 사라져버린다. 사람들은 자신이 잠들어 있을 때 건너온 시간을 매일매일 망각하며 살아간다. 하지만 잇시키 마코토는 특별한 꿈을 꾸고 나면 그 꿈을 잊지 않으려고 메모를 해왔고, 이를 시 창작에 활용하여 '꿈 일기'라는 장르로 승화시켰다. 꿈에는 무의식의 세계가 깃든다고 볼 때 꿈이란 내면의 표출임은 분명하다. 역설적이게도 그는 꿈을 꿈인 채로 두기 위해 꿈을 쓴다. 일반적으로 꿈에서 모티프를 얻어 일상적인 논리로 풀어내려 하면 괴리가 생기기 마련이다. 그는 이러한 위화감을 없애기 위해 '꿈 일기'라는 다소 노골적인 방법을 선택했다. 그러기에 독자는 더욱 집중해서 꿈의 페이지를 들춰보게 되고 그의 무한한 몽상 세계

287

에 빠져드는 것이다.

잇시키 마코토의 시에 나타나는 또 하나의 큰 특징은 '자동기술自動記述'이다. 말 그대로 의식의 흐름을 충실하게 써내려간다는 뜻이다. 논리를 세워놓고서 시를 쓰고 여러 번 다듬어 완성하는 것이 아니라 직감적으로 떠오르는 원석 같은 사유를 시로서 풀어놓는 방법이다. 떠오르는 내용에 어떤 각색도 더하지 않는다는 점에서 꿈 일기와 비슷한 면이 있지만, 관찰자의 입장에서 쓰는 꿈 일기와 비교해 볼 때 서술자의 자세를 견지한다는 점이 다르다. 꿈을 탐색하고 무의식을 자신의 편으로 둔 잇시키 마코토의 '자동기술'은 논리적으로 정돈되지 않아서 한층 낭만적이다.

시에는 필연적으로 시인 자신의 자전적인 요소가 들어가게 마련이지만 그는 완성하는 과정에서 일부러 모든 내용을 허구로 바꾸어 놓았다고 한다. 두 세계를 자유자재로 드나들며 무궁무진한 이야기를 풀어놓는 잇시키 마코토의 오묘한 세계에 독자 여러분도 흠뻑 빠져보시기 바란다.

이 시인은 전후 일본 시단에서 중요한 역할을 해왔다. 시 저변의 확대를 위해 다양한 시문학지와 동인지를 창간하는데 참여했으며, 음악, 연극, 전시 등 타 예술과 시와의 조합을 위해 힘을 기울여왔다. 현재도 일본에서 가장 대표적인 월간 시문학지 『시토시소詩と思想』의 편집장으로서 일본 시단을 풍요롭게 만드는 데 중요한 역할을 하고 있다.